舞行丝路

毕然 著

从长安到地中海

青海人民出版社

图书在版编目（ＣＩＰ）数据

舞行丝路：从长安到地中海 / 毕然著 . -- 西宁：
青海人民出版社 , 2016.12
ISBN 978-7-225-05260-1

Ⅰ . ①舞… Ⅱ . ①毕… Ⅲ . ①散文集—中国—当代
Ⅳ . ① I267

中国版本图书馆 CIP 数据核字 (2017) 第 004182 号

舞行丝路

——从长安到地中海

毕然　著

出　版　人　樊原成

出版发行　青海人民出版社有限责任公司
西宁市同仁路 10 号　邮政编码：810001 电话：（0971）6143426（总编室）

发行热线　（0971）6143516 / 6137731

印　　刷　陕西龙山海天艺术印务有限公司

经　　销　新华书店

开　　本　720mm×1010 mm　1/16

印　　张　17.75

字　　数　200 千

版　　次　2017 年 4 月第 1 版　2017 年 4 月第 1 次印刷

书　　号　ISBN 978-7-225-05260-1

定　　价　38.00 元

目录

第一辑

丝绸里的千年光阴

丝绸里的千年光阴

当一具木乃伊身上包裹着的华美丝绸，像一道光照亮昏暗的墓室时，那鲜美的纹样越过千年的光阴依然散发着柔美的气息。原本充满死亡气息的古墓因为这些丝绸上飘飘欲飞的仙草、对戏群猴而生动，飞凤呼之欲出，宝相花铺缀，幽暗的墓穴为之点亮。生与死的距离，被一匹华美的丝绸隔着，欲说还休。

围绕着一缕丝的故事竟然造就了一条丝绸铺就的路。当丝绸作为汉文化的象征进入西域的时候，曾被一些抵御汉文化的保守派拒之门外。理由是丝绸很滑很美，可是不经用，既挡不了风沙也遮不了风雪，不如裘皮暖和实用；丝绸很轻很亮，可是不够结实，马背上飞奔的游牧生活，不堪一击的丝绸怎能经得起如此彪悍狂放的大幅动作？

出土的丝绸残片

第一辑

3

可是汉地的丝绸依然无法阻挡地进入了西域，并被当成珍品传入了波斯、罗马、埃及等地。女人是无法拒绝得了丝绸的诱惑，当她们披上那美轮美奂、轻薄如云的丝绸之后，脚步不由得变得轻巧，嗓音不由得也变得柔美，目光也不由得变得如水般魅惑。当穿上丝绸的女人再也无法舍弃丝绸的时候，她们骄傲地蔓延着这种情绪，并将自己被丝绸包裹的模样展示给男人，女人的欲望使得丝绸成为男人的战利品。

张骞两次出使西域，丝绸随着他的旅程走向西域、中亚、西亚、阿拉伯半岛、非洲及欧洲等地，作为礼品交换，张骞带回来西方丰富的物品和友好外邦的沟通信息。一时间，神奇瑰丽的汉家丝绸成为西方世界求之若渴的宝物，西方国家对丝绸的订单源源不断地涌向汉王朝。

西域三十六国之一的楼兰国君因为贪恋丝绸，屡劫汉使，最终导致杀身之祸。月黑风高夜，一把因丝绸引出的仇恨匕首，刺进贪欲的心脏。而远在罗马的国君穿上这件由丝绸做的衣裳去剧院看戏，竟然引起了整个罗马城的轰动。罗马学者将出产丝绸的中国称为"丝国"，并将在桑叶上吐丝的蚕视作神物。埃及女王对丝绸的渴恋，促成了一支支商队，向东行进，从非洲通往亚洲，蜿蜒地走出了一条"丝绸之路"。

丝在距今八千年的新石器时代的长江、黄河流域就已经出现了，古老的华夏民族将桑树上一只白虫子吐的丝制成了轻柔华美的衣裳，并在传说中形成了独特而优雅的丝国气息。西域的于阗国王青睐中原的丝绸，以和亲的名义向中原王朝求娶汉家公主，中原王朝很痛快地答应了。公主临行前，于阗国的迎亲使臣悄悄告诉公主国王急欲得到蚕丝技术的事，当时中原王朝禁止对外输出蚕丝技术，只作为商品与国外交易或作为赠品用于外

交，所以桑蚕幼种是被严密监控的。这位公主冒着违犯戒律的惩罚，运用自己的智谋获取了那些珍贵的蚕桑种子。在出行的当日，公主将蚕茧藏在自己的帽子里，过边关时守边军卒不敢搜查公主的帽子，就这样公主便将蚕茧带到了西域的于阗国。第二年于阗国便广植桑树，开始养蚕抽丝织绸。

玄奘在《大唐西域记》中记载了这个传说，他从尼泊尔、印度取经返回中原时，曾经在和田绿洲生活过将近八个月的时间，他对这片绿洲上的民间传说饶有兴趣，正是那些离奇、玄妙甚至不可思议的故事构成了西域民间历史。而在 1900 年，英国考古学家斯坦因在位于塔克拉玛干沙漠边缘的丹丹乌里克佛寺遗址上，发现了一幅《传丝公主》的木版画，于阗人为了纪念这位伟大的"传丝公主"，将她美丽的模样永远地刻画在壁画上。据我国著名考古学家黄文弼和日本西域学家羽溪了谛考证，首位远嫁于阗的汉家公主是东汉末年刘氏王室之女。这可以证明汉代时期和田地区就已经广植桑树了。其实桑树是西域的古老树种，只是有桑无蚕，没有蚕丝业而未被记载。

在塔克拉玛干沙漠边缘的洛浦县阿克斯皮力古城附近采集到约 5.2 厘米见方的蚕雕红陶残片，在被沙漠吞噬废弃的民丰县尼雅遗址采集到白色质地的破口蚕茧，据考古推测这是当时蚕茧被人们视为崇拜物的标记。

山普鲁古墓葬群在洛浦县的一片荒凉台地上，除了几个土堆，几乎是一眼荒寂。与一路上青杨夹道、田野葱茏、农家悠闲的绿洲相比，这里恍如隔世。而寸草不生的荒地上却埋藏着古人的秘密，这里出土了令人叹为观止的精美丝绸织品。

这些丝锦虽然大多已经破损不堪，然而在岁月的侵蚀下依然可以看出当年的美丽，各色纹样、不同花色以及精湛的织工，每一样都凝聚着织工们的智慧和汗水。古代丝绸令人浮想联翩，那个令人揣度不已的丝绸之路曾经是以怎样的盛况源源不断地经过西域，走向世界的呢？

丝绸之路上的于阗古国，一千多年前就有种桑养蚕制丝的记载，和田人已经可以"工纺绩绸"；宋朝时新疆向中原王朝进贡本地所产的胡锦、西锦等丝织品；元朝曾在新疆设有专局织造"纳失失"缎；清朝乾隆年间，周游新疆的椿园记录了"和田茧极盛，所织绸、绢、茧布，极缜密光实可贵。"19世纪的和田已能生产半丝织品的艾德莱斯绸，而且有专门的缫丝厂生产生丝出口到俄国和印度等周边国家。

至今在丝绸之路上的古老村庄里，人们依然使用着一种古老的手工丝质品——艾德莱斯绸。在洛浦县吉亚乡，这里几乎家家户户都会织艾德莱斯绸，他们手工自织的历史据说已有一千多年。73岁的买土·努热长须银白，神情安详，摇着一个硕大的木制车轮般的纺车，时间就这样从清晨摇到黄昏，他就是如此由一个少年摇到暮年。身旁敞开的麻袋里盛放着一粒粒晶莹如雪的蚕茧，如同被阳光和雪水拣选过的玉石。老伴巴依木罕头上包裹着巴旦木花围巾，坐在一个破损斑驳的高台上，炉膛里火苗正旺，一口大锅里煮着雪白的蚕茧。一个下端残缺的葫芦矗立在高台之上，和老妇形成苍凉隔世之感。

买土·努热
夫妇煮蚕茧

艾德莱斯绸究竟是怎样制造出来的？维吾尔族姑娘土尼莎用带着异域音调的汉语说："木头织。"如果没有亲眼看见木头织机，没有见到柔软晶亮的丝线缠绕在粗糙的木头上的情景，就无法理解此话的含义。

我走进艾德莱斯织造车间，确切地说，这是一个简陋的手工作坊。茶碗口粗的原木横竖交错，搭构出织机的主要框架，朴拙的原木带有明显的斧砍痕迹，织机上方装有条形踏板，在另一端略高处挂着蓝、红、白相间的丝团，像个悬在半空中的大枣。经线平整柔韧地铺抻在架上，尾部插着几根细木条，用于调整松紧高低。

织机发出"哗嚓、哗嚓"的声响，这是艾德莱斯即将诞生的梵音。两三个年长的维吾尔族手工艺人，神情宁和而虔诚地操作着手中的活计，双脚轮换着踏起织机下的板块，牵连丝线的牛角梭光滑无比，在一双双粗糙大手的传递下，准确地穿过细细密密的丝。奇异华丽的图形在经线和纬线的交织中慢慢凸现，原来美丽的霓裳是用木头织就的，就如同鲜活的孩子是由饱经沧桑的父母精心侍弄才能健康成长。

木制的窗棂微敞，一道光从菱形的条块中穿过织架上的丝线，艾德莱斯闪着喜悦的流光。年幼的孩子偎在白胡子爷爷的身边，静静地看着经线纬线的交织、手的起落、丝的形成，听着织机的欢唱。

屋子里那架木头纺纱机引起了我的注意，它简朴的样子与楼兰故城出

织机上欢唱的艾德莱斯

土的纺织机相似。当那一缕纱柔韧地缠绕在织机上，幸福快乐在丝线中延伸。从西域古墓葬中出土的那些颜色鲜艳、种类繁多的毛丝织品中，可以看出那个时期的人们对服饰的审美似乎与艾德莱斯有着相似而隐秘的联系。艾德莱斯的图案几乎都带有一丝微微的颤动和眩晕之感，据说是古代西域先民信奉萨满教，崇拜树神、水神的宗教意识的反映。且看那些漂浮舞动、虚缈的水波漾影，随着少女的步履一起一伏，好似一波春水，搅扰得心湖荡漾。

如果称之为火焰也一点不为过，起伏的火苗就势连成一片，金黄色成为烈焰中的点睛之笔。这样艳丽炽烈的丝绸是火的旗帜，它包裹着怎样的身体和灵魂？那些长在新疆大地开了又谢了的花儿：巴旦木花、石榴花、葡萄藤蔓、杏花、玫瑰花，它们永不凋落的花冠衬托着一朵又一朵的"古丽"长大、圆熟，幸福地开出了自己的花儿，那些丰美、饱满的果实永远地结在了艾德莱斯上。艾德莱斯的裙幅上还坠满了热瓦普琴弦和都塔尔的音符，在维吾尔十二木卡姆的仙乐中，在麦西来浦的激越节奏中，离不开艾德莱斯的舒展和美丽。艾德莱斯把欢乐织进了自己的生命里。

我不由得再次贴近这些美妙的丝线，从长安古都到地中海沿岸，正是

一条丝线连接了丝绸之路的两端。在这深邃的凝视中，是否能看清由丝绸铺就的过去、现在和未来的路？这些丝好像一条隐秘的纽带，将古今贯通。虽然里面很多的细节已经被遗失或忽略了，可是当找到根脉的人类渴望回归的时候，就要为那曾经的破碎重新织就一种崭新的生活。双手拂过柔软的绸面，这起伏的丝绸上印满了期待和希冀，流淌着一条绚丽旖旎的七彩之河。

木制纺车

艾德莱斯的时光之旅

当我第一次见到它的时候，好像一道极光将我完全定住。我惊讶地喃喃重复这个维吾尔族朋友的发音："艾德莱斯，艾德莱斯。"好像在念一个神奇的咒语，而这个咒语一念，乾坤大变，沧海桑田。暗自揣想眼前这充满了魔幻色彩的艾德莱斯，它一定和某些神秘的事物有所联系。

世界上竟会有这般浓烈热情、恣意昂扬的织物？它的鲜浓、炽烈和丰沛，凝结了胸腔里所有奔涌的爱恋和激情。当那些让人眩晕的图案围绕着你的时候，也许没有人可以抵挡住它的诱惑。艾德莱斯将你燃烧起来，披上它，就像戴上加冕的王冠，就像灰姑娘穿上了水晶鞋，你是王妃，你是皇后，你是男人最爱的情人，你是开得最艳的那朵玫瑰花。

这种炽烈似乎和年轻血液中的激昂澎湃暗合，且看那燃烧着的变形的火焰，在钟情人的眼里，穿上这样的衣服即是一种暗示。维吾尔族姑娘美目流盼、睫毛飞扬，当她清澈美艳的眼神向你射来，男人即成无力躲闪的羔羊，再强悍木然的男人也会被这目光罩住。也许，艾德莱斯就是维吾尔少女心中最炽烈的爱情。

这般翻滚的烈焰织物似乎只配得上维吾尔姑娘，婀娜的腰肢，粗黑的大辫子，深陷如潭的眼眸……这般炫彩的光泽与她们静如处子、动如脱兔、飞扬回旋的舞步构成一部无与伦比的歌舞盛宴。

艾德莱斯，听着发音就让人浮想联翩。"艾德莱斯"一词泛存于印欧语系和突厥语系中，通常读音"阿特拉斯"，维吾尔语变音为"艾德莱斯"。

艾德莱斯绸是新疆喀什、和田地区独具特色的传统手工艺织品，因扎染技术独特，质地柔软，轻盈飘逸，图案层次分明、色彩艳丽，具有浓郁的民族特色。据说，它诞生于元末明初，和田、喀什的一些工匠艺人在手工作坊里学习吸收中亚人的染织技术并发挥自己的聪明才智创造出来的，距今有一千多年的历史。然而，史书记载和考古发现共同证明蚕茧是在唐代由传丝公主带入西域的。也就是说，那个时期，大唐的核心秘密蚕茧已经流入西域。关于丝绸的配套产

精美的艾德莱斯

业随之应运而生。

对我而言，这般美轮美奂的霓裳，只有在心里仰望的份儿，绝不敢断然地穿出上街，生怕那太鲜艳太耀目的颜色把自己压没了。当艾德莱斯围在双肩，在浓烈的图案里，我看到自己宛如一个异域的王妃，而现实是没有童话的。在现实中，你要朝九晚五地上班，即要年复一年地披挂着"安全色"——黑白灰，融入相同的环境中。

穿不穿艾德莱斯，其涉及的心理不仅是理想和现实的落差。当我漫步在乌鲁木齐、喀什、和田、库车人的街头

蚕茧

时，目光总会刻意地搜索那些美丽的维吾尔族姑娘。近几年来，她们也很少穿这种美丽的民族服饰，只能偶尔看到小姑娘身穿艾德莱斯的裙子在灰暗的人群中宛如一道霞光。多数妇女有的身穿时尚丽人装，有的则黑袍蒙面。艾德莱斯似乎已经成为旅游纪念品中的民俗。人们惊叹艾德莱斯的美，却因种种原因羞于将美展示在自己身上。穿着艾德莱斯的女孩绽开甜甜的笑脸，脸颊上细细的绒毛在阳光下宛若晶莹的露珠。

艾德莱斯如同离我们不远的一个唾手可得的缤纷梦境。有时行动不能昭示内心的渴盼，用眼睛去搜索去触摸去感受。当你看见了朝思暮想的艾德莱斯，把它的激扬和热情暗自怀揣，然后再心满意足地离开。多数人都会如此，总是与自己的梦想失之交臂。

艾德莱斯是一段留在西域的梦，解读它需要时间。艾德莱斯强烈地吸引着你的眼球，造成了一种视觉冲击。这美妙的丝绸是怎样制造出来的？一根针和一根线织出了一段西域文明史，织就了一条源远流长的丝绸之路。

当我走进艾德莱斯，才发现自己已然走入了艾德莱斯的时光之旅。

掩埋在塔克拉玛干黄沙之下的尼雅遗址和楼兰故城，废墟中仍能隐隐约约地听到历史的呼吸。楼兰故城出土了距今 3 000 多年的"汉锦"，在尼雅遗址挖掘了"汉锦胡袍"和"褐地郁东纹"，这些物证诉说了丝绸的流动、迁移以及融合。时光遮不住这些古老织物的绚丽，黄沙埋不尽其美丽的容颜。

在伊斯坦布尔的大巴扎，有商贩竟然可以准确地从与我同行的古丽的着装判定她来自新疆南部地区；在吉尔吉斯斯坦东干人的集贸市场，穿艾德莱斯的大妈最先跳入我的眼帘；在乌兹别克斯坦穿着艾德莱斯的妇女如同在庆祝一个盛大的节日。

叩问历史，艾德莱斯给人们留下了看得见的印记。将艾德莱斯铺开，一方连接着远古，一方牵系着现代；一方连接中原，一方伸向中亚。在大漠黄沙中，在耀眼冰封下，艾德莱斯吸取着来自中原、亚欧、印度和希腊文明交融的多元血质，是一条连贯古今中外色彩的丝绸之路。

艾德莱斯是丝绸之路上混血交融的产物，是一段时光交错的谜题。

丝绸之路的起点——长安

一、丝之国都

　　从丝绸之路的一端回溯,东方的起点是华夏大地著名都城——长安(今西安)。这座古老的城市,2 000多年前曾是世界上最繁华、最富庶的帝都,有着令古罗马国君着迷又恐惧国库亏空的丝绸。那让埃及女王克莉奥佩特拉思慕不已的丝绸锦缎,促使一批批商队不畏险途,朝着幻想中的"赛里斯"国行进。自从张骞凿空西域、通衢丝绸之路后,长安城在全球版图上成为一座闪着丝绸光泽的宝地。

　　据说养蚕业的先祖黄帝之妻嫘祖就在此地"始教民育蚕",她将一只只白色蚕茧吐出的细丝,制成了美轮美奂的丝衣,由此开创了丝织行业,被众多善男信女供香膜拜。确切地说,这里是人神共居的宝地,是中华民族人文初祖轩辕黄帝和神农炎帝的起源地。这里还是《述异志》《山海经》

等古籍中的神话场景，神话传说中的通天仙人与现实中的英雄俊杰相互萦绕，已然分不清人与神的界限了。

螺祖养蚕

据科学考古证实，蓝田猿人和半坡人都曾是这座古城的先民，人类在这里迈出了走向文明的步伐。早期直立的蓝田猿人比北京猿人早数十万年，他们获得天机掌握了用火的技巧，使得这个与动物迥异的新生族群顽强地生存繁衍。从半坡遗址中发现的石斧、石刀等新石器时代的例证，还有最早的粟和蔬菜种子，体现了人类最初的探索。那些红底黑彩绘有人面鱼纹的陶器，记载着这个崇尚女性的氏族部落的审美和思想。

奴隶社会的首领周文王将臣民从岐山迁至西安，使得西安成为都城之始。作为《易经》《八卦》的创始人，周文王看中了"被山带河，四塞以为固"的关中宝地——长安，这里南有秦岭连绵，北有北山阻隔，四面八方形成了天然的防御屏障。西安不但有着易守难攻的战略优势，还有着丰富的水资源，曾经"八水绕长安"的盛景是帝都选址的重要原因。关中平原土地肥沃，适宜耕种，沃野千里，素有八百里秦川之美誉。

从围绕在西安周围的著名帝王陵墓即可看出，这座城已经被帝王将相和历史名人包围了。秦始皇陵、汉高祖长陵、汉文帝霸陵、汉景帝阳陵、汉武帝茂陵、隋文帝泰陵、唐太宗昭陵、武则天乾陵等，每一座陵墓都是一个时代的终结和缩影。其丧葬方式、陪葬品、墓室画及建筑风格，都是一段无法复原的历史记录。

从奴隶社会的顶峰西周王朝到中国第一个大一统帝国秦王朝，从中国第一个盛世王朝西汉到中国传统社会的顶峰盛世唐朝，这期间出现了成康之治、文景之治、汉武盛世、昭宣中兴、开皇盛世、贞观之治、开元盛世……众多治国明君均在西安这座古城运筹帷幄、统领天下，留下了最华彩的历史篇章。13个朝代、21个政权都认定西安为国之都，中国历史上鼎盛时代的周、秦、汉、隋、唐各朝均以西安为政治、文化中心，形成了看天下时局的汉文化中原视野。

二、开启于汉代的丝路源头

公元前138年的一个早晨，张骞喝下壮行酒，辞别了父老乡亲，踏上了漫漫西行之路。他带着汉武帝"断匈奴右臂"的指令，朝着茫茫戈壁走向西域，去寻找与匈奴有世仇的大月氏。他并不知道自己开辟的这条路被后人称为丝绸之路。那一年在人类历史上，被称为"丝路元年"。

在路上，他随身携带的丝绸制品受到了沿途各国的喜爱，丝绸以其神话般的速度从中亚流传到波斯，从大食商人手中辗转流入地中海沿岸、罗马帝国以及埃及。第一次西出阳关的张骞在匈奴的营帐中被质押十余年，最终辗转回国，惊喜不已的汉武帝听取了张骞详细的汇报，才知道西行这条路竟然连接着众多国家和商机。张骞第二次出使西域时，匈奴的势力在丝绸之路上渐弱，张骞和他的使团最远抵达了大秦（古罗马）。他们带回来各国对丝绸渴求的订单，神奇瑰丽的汉家丝绸在丝绸之路上成为人们求之若渴的宝物，西方国家对丝绸的喜爱和订单源源不断地涌向汉王朝，让汉家皇帝又惊又喜，使得长安进入了一个"家家户户促机声声"的时代。丝绸成为国家重要的经济支柱，皇帝奖赏臣民亦多用丝绸锦绣，内外贸易则将丝绸作为货币使用，国家税收财政更依赖于对丝绸的征税，丝绸带动了一座城的繁华。

汉灵帝对于西域的风土人情非常着迷，引胡风为时尚，"好胡服、胡帐、胡床、胡座、胡饭、胡箜篌、胡笛、胡舞"，所以"京城贵戚，皆竞为之"。"胡床、胡座"指的就是西域少数民族游牧时用的坐卧工具。在汉灵帝的倡导下，使用床榻桌椅的风气开始在中原盛行。经过中原能工巧匠的不断加工改造、雕镂美化，逐渐发展成形形色色、质料各异的床榻桌椅。帝王的龙床龙座，百姓的板床矮凳，均带着西域韵味，异域风情成了一时的流行时尚。

汉唐时期的长安是中国对外交流的中心，是世界上最早超过百万人口的国际大都市，鼎盛时期的汉长安城是罗马城的6倍大，隋唐长安城是中国古代乃至世界古代史上最大的都城，一直处于世界中心的地位，吸引着大批外国使节来访。天宝年间，常住长安的外国人就有2万多人，他们有的在长安求学、求法，有的定居、经商，有的甚至为官率兵。唐朝名将高仙芝是高丽人，哥舒翰是突厥人，李光弼是契丹人，文学、艺术名流云集京城，诗歌、书法、绘画艺术均达到巅峰状态。

西安城楼夜景

边塞派诗歌在唐诗中占了极大的比例，每一个血脉贲张的诗人都渴望去那神秘的西域游历采风，获取创作灵感。"于阗画派"的尉迟乙僧以他精湛的画技，在长安掀起了一个绘画高潮，他的盘丝曲铁和凹凸画法影响了中国乃至日本的美术发展。"西罗马，东长安"即是长安在世界古代历史地位中的真实写照，朝鲜古都以及日本的奈良、京都等城市都是严格按照唐朝京师长安的建制规划。

唐三彩

道教是中国土生土长的宗教，西安是其最早的诞生地之一。佛教、伊斯兰教、基督教先后都在这里建立了自己的信仰殿堂，发展信徒。西亚的拜火教、景教、摩尼教教徒在远隔千里之遥的长安，在颠沛流离的异域获得了极大的包容和青睐。碑林中的《大秦景教流行中国碑》，记录了古罗马基督教的聂思脱里派——景教的教旨、仪式，及在中国的传播和景教僧人在唐朝一百五十年中的政治活动情况，碑侧及下端刻有古叙利亚文记事和多名僧徒的题名。

由于唐太宗之子承乾太子全盘效仿西域生活习俗，当时胡服盛行，着胡装成为一种时尚。颜色鲜艳、翻领窄袖紧身的胡服受到长安女人们的青睐。宫廷妇人学胡人骑马，更是一种潮流，头戴帷帽或裙帽，三面垂裙纱，足蹬软筒皮靴，显得格外潇洒英武。大唐盛世，女子以丰腴为美，衣着喜欢宽博。为了体现腰肢之纤袅，曲线之动人，就把紧身窄袖翻领的胡装与宽松飘洒华丽的唐装混搭，把长裙束在胸前腰下，造成"粉胸半掩疑暗雪""长留白雪占胸前"的审美时尚。

妇女们受西域胡风的影响，喜欢用石黛画蛾眉，用朱红点额头、面颊，在眉间贴花钿，在鬓畔画斜红，在脸上施胭脂，用天蓝、深蓝的植物香膏涂抹眼睑。这些西域、印度、波斯美女的美颜术从宫廷迅速流入民间，唐朝美女的模样被画进壁画中，被铸成唐三彩，使后人惊艳。

三、被历史所渲染的丝路文明

丝绸之路上的长安缔造了辉煌的历史，带着对古都的敬仰之情我走进西安。初见西安，那灰蒙蒙的城墙无声无息地伫立在清晨的雾霭中，陈旧而沉静，像一个闭目养神的老者。而前来接站的朋友却告诉我，千万别小看了这老旧城墙，这是几百年的历史遗迹，是见证十三朝古都地面之上最辉煌的建筑遗存。

登上城楼，我即刻感受到了一种君临天下的威仪，号令天下的王者气

西安城楼的"马面"构造

息扑面而来，旌旗招展，在风中发出猎猎声响，曾经站在这里一统天下的君王应有何等胸怀天下的气魄！古朴的青砖上见证了多少城头变幻大王旗的故事。21个政权曾在这里一争高下，你死我活，而长安永远是胜者王侯的皇城。英雄不问出处，败寇纵使英勇善战，也只有遥望长安悔不自禁。金戈铁马、舞榭歌台，风流总被雨打风吹去……古城墙所有的历史，供后人在斜阳中凭吊怀古。

城墙建设是历代皇帝巩固政权的必备防御措施之一。明代皇帝朱元璋攻克徽州后，一个名叫朱升的隐士告诉他应该"高筑墙，广积粮，缓称王"。当他一统天下之后，认为"天下山川，唯秦地号为险固"，遂令各府县普遍筑城，他在唐皇城的基础上修建加固，城墙的厚度大于高度，稳固如山，墙顶可以跑车和操练。据说，最初的城墙完全用黄土分层夯打而成，最底层用土、石灰和糯米浆混合夯打，异常坚硬，后来又将整个城墙内外壁及顶部砌上青砖。整座城墙包括护城河、吊桥、箭楼、正楼、角楼、垛口等一系列设施，设计合理，体现了古人杰出的军事和建筑设计才能。

目前西安城墙共有城门18个，从北开始顺时针依次为：尚武门、安远门、尚德门、解放门、尚俭门、尚勤门、朝阳门、中山门、长乐门、建国门、和平门、文昌门、永宁门、朱雀门、勿幕门、含光门、安定门、玉祥门。站在安远门前，遥望城楼，当年长安盛世有多少外国使节、商队、学者、僧侣满怀激动的心情从这里进入这座繁华闹市。这扇大门向世界敞开，彰显着开阔、包容、自信、开放的民族精神。

走进城门，现代化的西安在车水马龙、高楼林立中依然呈现着古都的沉静，所有色调都离不开青砖的灰调，那种雅致有内涵的色彩让人的心境变得沉稳而温润。这透露着深厚的历史感和文化气息的灰调，是我对西安挥之不去的城市印象。

远望城池，盛世长安兴许就是如此模样吧。当我在钢筋水泥的城市丛林中看到玄奘法师的译经之地——大雁塔时，不由得走向它，去瞻仰这位传经译道、弘扬佛法和撰写《大唐西域记》的传奇高僧的居所。

大雁塔的青砖已变成灰色，那是历经时间洗礼的颜色，凝重而质朴。当年长安敞开大门迎接这位从西天取得真经的高僧回国，唐太宗亲自接见，城内万人空巷，从长安主街道——朱雀大街到弘福寺道路两侧，瞻仰者万头攒动。城内外的几百座寺院僧尼将本寺的经幡、经帐、幢盖、宝案列在街道两旁，焚香奏乐，诵经声不绝于耳。玄奘满载佛经及金银佛像等珍品回到长安，离开故土外出求学 17 年，穿大漠、越雪山，行程 5 万多公里，历经艰辛修得正果。看到遥远的长安城门，高僧在热泪中徐徐下马。那一年是公元 645 年，佛教浓郁的气息弥漫整个长安城。

玄奘从天竺回国后，曾在慈恩寺主持寺务，以妥善安置经像舍利，在慈恩寺正门外造石塔 1 座。塔体呈方形锥体，塔身 7 层。外仿西域窣堵坡形制，仿木结构，砖面土心，每层皆存舍利。塔内有木梯可"盘登"而上，每层的四面各有一券门拱洞，可以凭栏远眺。玄奘法师亲自主持建塔，历时 2 年竣工，如今的大雁塔已经成了西安的地标性建筑，也是丝绸之路上的重要遗迹。

在钟鼓楼前蓦然听到一嗓浓重的秦腔，即使没有舞台，老人们也自得其乐地朝着这座城的核心之地，发出自己内心的声息。悲壮、浓烈，犹如决堤的黄河之水，瞬时将市井淹没。那突破胸腔的悲与情，高亢有力，据称这样的声音来源于常打胜仗的人群。源自秦地的古音，如同西安的鼓点，带着古城的沧桑和自信。

大雁塔

虔诚的穆斯林与佛教徒在着装上都恪守自己的标准，在人流中总能一眼分辨。那些行色匆匆的人流，很多人的面孔都感觉似曾相识，而当我再次看到秦始皇陵兵马俑的时候，才恍然大悟，原来那些宽额细眼阔唇的模样有着共同的遗传基因。

顺着人流走进闹市，遥遥可见清真寺上银光烁烁的新月，钟鼓楼附近的回坊是穆斯林的聚集地，这里曾是唐朝从西域来华经商的胡人聚居地，中亚、西亚商人的后裔最终留在西安，成为西安的原住民。穆斯林居住的传统是先建清真寺，然后环寺而居。回坊的化觉巷清真寺，是中国历史最悠久、建筑规模较大、保存较为完整的伊斯兰教寺院之一，寺里至今还保存有唐朝时期的砖雕。

悠扬的诵经声穿过飞起的鸽群，沐浴着城市的一隅。那些带着白帽做礼拜的虔诚身影，清真寺上的藤蔓花纹，以及整个回坊空气中流动的光彩，显示着他们的精神追求对生活的引导。最终，在世俗的生活中，用自己虔诚之心对待每一顿精心烹制的美食，于是这里又出现了一条清真美食街。

兵马俑

四、海纳百川的丝路美食

那些经由丝绸之路来到长安的商旅，他们带来了许多西域风味食品。古籍《酉阳杂俎》中记载了许多唐代美食，如"萧家馄饨""庾家粽子""樱桃毕罗""草皮索饼"等，其中"毕罗"有的学者认为是手抓饭，有的学者认为是饼，而无论是什么，它一定是从西域传来的美食。"索饼"则确定是一种面条。当时的胡食中，尤以长安辅兴坊的胡饼最负盛名，这种胡饼在汉代就已经传入中原。在回民小吃街上它是洒满芝麻、椭圆形的薄饼，而在河西走廊则演化成厚厚的锅盔，到了新疆它就变成馕坑里烤制的馕，在意大利罗马的餐厅它则成了披萨。

西安风味中著名的是号称"陕西一绝"的羊肉泡馍，在西安，羊肉泡馍是必须要品尝的美食之一。朋友说，老西安人吃泡馍，讲究自己掰馍，两个人对面而坐，悠闲地聊着天，一点一点掰得细致而缓慢，似乎这日子就这么一点点地掰碎了。一碗香气四溢的羊肉汤，一碟糖蒜，还有油泼辣子。在热腾腾的气氛中，享受食物带来的舌尖和胃的美好感受。而今已经很少有人能有闲情地耐下心来自己掰馍，店家也没有时间让你慢悠悠地掰馍，店外有那么多人在排队呢，所以我们吃的泡馍多是用机器切好了的馍块，原本慢享受的羊肉泡馍变成了快餐，掰馍的乐趣只能从老人的手指中慢慢流逝。

　　"八百里秦川尘土飞扬，三千万老陕齐吼秦腔，吃一老碗 biangbiang 面喜气洋洋，油泼辣子少了嘟嘟囔囔。"

都说陕西人爱吃面，若是三天吃不上面，就觉得不舒服。到西安才发现，面食无处不在，而且花样繁多。陕西的面食粗细厚薄不同，长短宽窄各异，有方有圆，绝不雷同，其中最著名的非 biangbiang 面莫属。它的发音用陕西方言最有韵味，这个

羊肉泡馍

笔画繁多的字出现在餐厅的食谱上，好像一幅画。它出现的几率非常之少，以至于你不尝到这碗面，就没机会接触这个字。也许，这个字和音就是为这碗面准备的。遗憾的是，出了陕西，就很难见到它的踪影了。出了关中平原，同样用面粉制成的面条，就成了金城人早餐必吃的牛肉面，到了新疆则成了拉条子拌面。在丝绸之路的另一端，则变成了弯弯曲曲的意大利面。

"肉夹馍"的叫法是古汉语的倒装句式，从声势上夺势，实则是两种食物的绝妙组合：腊汁肉、白吉馍。刚出炉的烧饼，用刀切开一道缝，从锅里捞出卤煮得已经绵软、酥烂的腊汁肉，快刀剁碎，夹进饼里，再浇上一勺汤，还没吃就闻见那浓郁的香气，让人馋涎欲滴，张开嘴，满满咬一口，呀！那汤汁顺着嘴角流到了手上。

汉中大米凉皮一入口即成了我的最爱，绿的青菜，黄的小豆芽，晶莹剔透的米皮，配上红油调料，声色夺人，口感绝佳，是我在西安百吃不厌的小吃。

熙熙攘攘的人群，很多人手拿柿子饼、甑糕在小吃街上边走、边逛、边吃、边看……这条声光流动的街市，袅袅升腾着人间烟火的祥和气息，吸引着天南海北的游人，这里俨然已经成了西安的一张市井名片。

远处的钟鼓楼沉默地伴着古城的呼吸，千年不变地守候着。也许任何语言和图片都无法概括西安这座城的全貌和精髓，就让我重回丝绸之路的起点，从西安走向世界。

西安夜市

流传千年的古歌——哈密木卡姆

进入白杨河古河道，林木葱郁，土坯院墙和低矮的农舍穿插在绿荫之中。红枣沉甸甸地压弯了枝头，土墙上爬满了葡萄藤蔓。古树参天，奇枝怪状，阿不来提家门口的这棵大树大概得有两三个壮汉合抱才能围拢。一头黑色的毛驴静静地贴着墙根想心事，一大堆干草堆成垛，葡萄晾房伫立在干燥的沙土上。绿色穹顶的清真寺肃穆庄严，新月俯视着绿洲中的村落，世居于此的维吾尔人虔诚地信奉着伊斯兰教，真主是他们的精神信仰。

而在两千多年前，这里却是被佛光笼罩的丝绸之路古道，沿着白杨河修建的两汉至魏晋时期的古文化遗址比比皆是，寺庙、烽燧、佛龛、古城池……如今虽然已经残破不堪，却依然矗立着，顽强地证明着逝去的历史。

耸立在白杨河沿岸的一座颇具规模的古城，就出现在绿树掩映、农田环绕的河岸之上，博斯坦村的核心区就是这座拉甫却克城遗址。古城虽已废弃，可是当地居民依然以它为中心，将自己的庭院、羊圈、葡萄架建在可以看到古城的地方。拉甫却克古城是一座跨越了汉代和唐代的古城遗址。当我走进这座高出台地的土坯城池时，不由得黯然神伤，一座破败的城池，人去城空，里面已经面目全非，几乎难以想象这里曾是丝绸古道进入新疆东大门的一座繁华城郭。长方形的古城南北长约 500 米，东西宽约 300 米，城墙最高处约 5 米。外部城墙几近完整，上部用土坯垒砌，其间夹筑苇草。整个城池平面呈"吕"字形，白杨河水自南北二城流过，如同一道裂开的峡谷，密集的白杨绿荫将河道半掩，只听见水流声。城西北角有破损的角楼，依稀可辨的土墩已经分不出哪是官邸哪是民居。在这里，时间仿佛已经静止了。

高出博斯坦村的土城地面上除了稀疏的几株野草之外，还有一些夹砂红或灰陶的碎陶片，据地区文物局的周小明介绍，这里出土的陶罐、瓮等器物与吉木萨尔县北庭故城中出土的器物多有相同或近似之处。依城顺水仰望天山，也许汉唐时期的人们看到的天山雪峰和我此时此刻看到的同样晶莹、遥远。

走进哈密木卡姆民间艺人艾姆都热依夏木家半掩的铁门，头戴黑色花纹小花帽、身穿白衫的老人笑容可掬地迎接了我。已经68岁的艾姆都热依夏木眉清目朗、面容慈祥、身板硬朗。他的院子不大，黄色的土桃子半遮半掩地隐藏在绿枝中，艳丽的波斯菊穿插在草木间，葡萄藤蔓从房顶的晾房上密密匝匝地垂下来，地上晾晒着果实饱满的红枣。

挑起沙帘进入客厅，板炕上铺着大团花的红色地毯把房间衬托的熠熠

拉甫却克古城遗址

生辉，粉红色的纱帘上点缀着两方红花的连续刺绣，使得土砖拼砌的地面显得协调素雅。纱帘正对着板炕，顶窗上一束明亮的光打在土砖上。身穿墨绿色长衫，头戴花巾的赛里木汗是艾姆都热依夏木的老伴，她一次次地挑帘进来，每一次都捧着食物、水果和精美的茶壶茶碗。

艾姆都热依夏木夫妇

老人很健谈，他说自己从小就喜欢音乐，一听到音乐手脚就会随着音乐摆动，他喜欢达普（维吾尔族民间乐器），汉语称为手鼓，上小学的时候还当过学校的鼓手。30岁才开始学习木卡姆，算是正式入行，向村里的民间艺人学习，虽然他连小学都没上完，认识的字不多，可是凭着记忆他学会了9种哈密当地木卡姆的唱法。也许是血液里带着歌舞艺人的基因，只要能唱歌，让他干什么都愿意。

艾姆都热依夏木看着老伴忙碌的身影，有些歉疚地说：年轻的时候经常到婚礼、聚会上去唱歌，哪怕不给钱也要去，一听到招呼，就把地里的农活扔给老婆子走了。

一块干净的餐布铺在地毯上，热茶从带着波斯图案的瓷壶中流出，一摞厚馕摆上来，饱满的葡萄、红艳艳的大枣、格外甜的黄色土桃子一一端上来，艾姆都热依夏木请我尝尝他种的水果。一大盘红瓤西瓜，又一盘黄澄澄的哈密瓜，把家里最好的食物奉献给客人，这就是维吾尔族最朴素的待客方式。

说着，他打起了达普，和着达普的节奏唱了一曲。美妙的声音是上天赐予少数人的法宝和天梯，这少数人因为拥有了这种先天的资质成为艺人。

艾姆都热依夏木的音域优美，质地清冽，音色中传递着悠扬的古典之美。他说自己唱的是一首拉甫却克古歌，是老人们留下的，已经传唱了至少千

年的时间。这首歌和我平常听到的维吾尔族歌曲不同，显得欢快悠闲。精通维吾尔语的王晓龙是哈密地区的挂职干部，他帮我翻译了这首古歌，歌中唱到古城的美好时光，古城是自己美丽的家园。并说这首歌中的方言很多，哈密方言是阿尔泰语系保存最完整的一部分。哈密地区负责非遗的工作人员告诉我，正是方言造就了哈密木卡姆的地域独特性，只有采用哈密维吾尔方言演唱的哈密木卡姆才能达到最佳的表演效果。

弹唱达普

这首古歌中的美好让我一时间无法将其与破旧废弃的拉甫却克古城联系在一起，原来那满目疮痍的古城在村民心中竟是美丽的家园，难怪那些民居、清真寺都以古城为核心而建。他们心里积淀的情感从古传承，一代一代，哪怕古城随着时间渐渐风化，那也是祖先留下的美好家园。这首古歌蓦然让我找到了进入古城和古村的神秘通道。

整个村子会唱木卡姆的民间艺人越来越少，让艾姆都热依夏木忧虑的是，如今的年轻人喜欢外出打工，或去大城市做生意，对传统文化不感兴趣，也耐不住寂寞清贫。他目前教了5个学生，只有一个可以单独演唱，学习木卡姆除了喜欢还要有艺术天分。他在每年冬天农闲的时候举办培训班，一期10天或15天。民间艺人学唱木卡姆的主要方式是口传心授，由于没

有书本讲义，不是照本宣科，每一次传授都是一次技术技巧的实践。心授更注重的是个人修行，在演唱中充分融入自己的情感经历，可以达到情感交融的境地，所谓"师傅领进门，修行在个人。"在上课的时候艾姆都热依夏木要求学生记笔记，然后回去自学，学不会的可以再来。当然这种教授完全是义务的，不收任何费用。遇到天资聪颖、爱学习的徒弟，他愿意把自己会的全部都教给他。

身板硬朗的艾姆都热依夏木现在还坚持干农活，家里有 7 亩地，由老两口儿操持着，7 个孩子都在本乡，已经独立分家。开春的时候开沟、种麦子、打理红枣树和葡萄藤。收获的季节比较忙碌，9 月下葡萄，10 月捡红枣，11 月后埋葡萄秧。家里主要的收入靠种地，一年大约有两三万的收入，老人觉得很满足。作为木卡姆民间艺人，政府每月发放 300 元的生活费。前不久，政府组织当地的民间艺人在南北疆游历，与来自库车、阿克苏、喀什、和田等地的民间艺人交流，艾姆都热依夏木觉得眼界大开，收获很大，交流中他也发现哈密木卡姆在唱法上的独特性，更接近民间世俗生活。

每一次的表演都是独一无二的，每一次表演虽是同一曲目的木卡姆，却同时又是另外一首原创之歌。艾姆都热依夏木认为没有完全一样的两种表演和文本，他认为自己每一次的演唱都是一种新的创作，不同的心情、不同的感悟，面对不同的人产生的不同感觉。这种不可复制的变动性正是哈密木卡姆流传千百年来的艺术源泉。

这时，村卫生员拿着血压仪上门给老人测血压，高压 150，低压 100，卫生员记录了老人的测量结果，并要求他一定要吃降压药，没有药了可以去卫生院领。这是乡卫生院每季度对村里 60 岁以上老人进行的一项免费诊查，主要是量血压、称体重，由卫生员挨家挨户上门服务。

趁此机会我参观了老人的住房，坐北朝南，一明两暗的格局，明房内设有通炕，通炕上铺有团花花毯。紧挨着会客明房的是厨房，里面有锅台炊具，烟道通往明房的土炕，冬季取暖极为方便。草泥抹墙，雕花梁柱，雕花木条组成的镂空格窗带有古朴的遗风，这种以几何纹线条或圆形纹曲线与曲直线相结合的木骨架窗棂也叫"花窗"，是当地民居保留了几百年的传统，那静中有动的视觉效果非一般玻璃窗能比。门楣上的图案以花卉为主，色泽朴素淡雅，花纹造型平稳，构图协调，与花窗相得益彰。

由于当地气候干燥少雨，阳光充沛，屋顶一般都是平的，上面设有天窗，以增加室内的亮度。平顶房顶可做晒台，可以晾晒瓜果和粮食。房顶上还建有一个四壁镂空的网格式的晾房，显出菱形的几何图形。晾房是土坯建筑，专晾葡萄干，既通风，又可遮蔽烈日。一串串新鲜的葡萄，整串地挂在晾房内的木架上，经过40—45天的阴干，葡萄干就制成了。晾干的葡萄干，含糖量高达60％以上，便于保存。葡萄干已经成为新疆的名片，在新疆任何一个村落，维吾尔族老奶奶的口袋里随时都会掏出一两颗葡萄干，有的地方还用葡萄干泡水喝。

艾姆都热依夏木

木卡姆雕塑

说自己的爷爷就在这里居住，以前的房子多为窑洞式平房，屋前有宽大的通风走廊，具有冬暖夏凉的特点。那走廊曾是他和兄弟姊妹儿时捉迷藏的快乐宝地，也是一家人夏天傍晚乘凉唱歌讲故事的好地方，他还在这里打着心爱的达普一年年长大。院内外种着桑树、榆树、柳树、杨树，爬到桑树上吃紫色的桑子，几个孩子去榆树上打嫩榆钱，金黄的杏子熟了到处都弥漫着甜蜜的果香，绿茵茵的葡萄藤架下，一串串葡萄就是一串串笑声。

阿不来提说：每一个维吾尔人都有自己的庭院，他们喜欢花草植物，会在庭院里搭起葡萄架，种上美丽花草，石榴、杏树、桃树等各种果树，在丰收的季节它们也会

达普演奏手绘图

用甜美的果实回报主人。房前有高大的外廊，外廊设有土炕，也有置放铁床的，以备夏季室外休息之用。院子里还有地窖和地下室，可以储藏粮食、瓜果和物品，夏天干热酷暑，这清凉之地正是消夏的好去处。

明亮的光洒在院子里，艾姆都热依夏木打起达普，脸上挂着沉静的笑容，手与鼓面完美的配合，在起伏动感的节奏中，他的胸腔里发出动人心弦的音调。这是十二木卡姆中的一段歌曲，显得忧伤缠绵。"请你把银铃送给我吧！让我用它做一支银笔。不知你长在哪一座花园？让我去向那花园顶礼。"

得知我要离开，两位老人连忙将才从树上摘下来的土桃子、葡萄、红枣各装了一大袋，在我上车前还塞给我一个自家烤制的厚馕，说路上吃。从五堡回到哈密市虽然只用了一个小时的时间，可是令我遗憾的是那鲜美

的土桃子在挤压中已经溃烂成泥。闻着弥散在夜色中的芬芳，那种沉醉竟让我流连忘返，也许这种美妙的滋味只能留在记忆中，只能留在拉甫却克古歌的回响中。

楼兰故城探险记

在想象中揣摩了不知多少次，在心里不知道描绘了多少遍。虽然看过不少摄影家在这里拍摄的照片，其中不乏一些令人震撼的场景，可是我仍然无法把那些片段复原成楼兰故城，它们无法满足我的愿望。当我面对楼兰故城时，不禁怔住了：这个全世界都瞩目的古城，居然是被简易的铁网架隔出的一道屏障之后才能辨析，城里和城外几乎都是一样的场景。古代的城墙残损不堪，入口处几乎已经看不见什么了，门前的一个锈迹斑斑的牌子上字迹模糊，吴师傅仔细辨认着，"未经许可不得拍照摄像，不得攀爬，严禁乱扔垃圾，严禁捡拾文物……违者将处以 5 000—100 000 元的罚款。"

被铁网架圈住的楼兰故城

小杨打开铁门上的锁，推开铁门，如同推动着一部厚重的历史。从踏进古城的第一步，我发现自己似在梦游一般，脚步踉踉跄跄地跟随着小杨往前走。风从东北方向刮来，卷起细细的沙砾，我不得不侧身行走避开风沙的吹打。整个城池沉静极了，这里的一切似乎已经屏住呼吸，凝神观望着我们这些陌生的来访者。

楼兰故城曾被斯文·赫定描述为"东方的庞贝"。庞贝是西西里岛上的一座罗马古城，被火山喷发的火山灰所掩埋，而眼前的楼兰故城却并未被风沙完全埋没，是长期被东北季风吹蚀出的凹槽和台地。楼兰故城内外都已经发育成雅丹地貌，曾经丝绸之路的繁华市井已经消失，入眼皆是一派凄凉的景象，显示城的印记的只有四周残存的古城城墙，边长约330多米，整个城池近似于一个四方之城。

历史上煊赫一时的楼兰国，实际上在西域三十六国中只是一个小国。而我站在这里，依然抑制不住的震惊。围成方形的城墙，构成了一座保护楼兰人的城池，透露着与黄河流域文化观念相通的理念。这座城的国王无论曾经是两面派，还是软骨头；无论是亲汉朝还是帮匈奴，他们终将是这座占地10万平方米城池的最高君主，终将主宰这座城、这个国家的命运。楼兰故城在特殊的地理位置和你争我斗的历史背景下，经常会处于兵临城下、命悬一线的危险境地。不由得我对这座古城肃然起敬，越过一个台地，朝着佛塔的方向走去，它像一个巨大的火炬，引着我不由自主地朝着这个方向行进。

一条东西走向的干河道拦住了我的脚步，一脚踩下去四周的沙土簌簌作响，这让我不由得产生了忧虑，好像惊扰了谁刻意的避而不见。河道不太宽，通常有七八米左右，最宽的地方有十几米的样子，河心之地的细沙土裂开了深深的伤口。这里看不到桥的遗址，只有河流冲刷堤岸的痕印。涉沙而过，我低头拾捡到一枚白色的淡水螺壳。这条源自孔雀河的支流穿城而过，据考古学家推断，楼兰城中的这条河是人工修建的运河，这说明在建城之时，古楼兰人就懂得了引水修渠的技法，并懂得这条河是一座城的核心命脉。我揣摩着这条给楼兰人注入生命和活力的河，曾经一定是水波潋滟、溪流欢唱，给这座城带来无限灵动和妩媚。当朝霞叠印在河中，被清晨唤醒的人们每天都会手持陶罐到岸边汲水；每当落日染红了河流，夕阳西下的时候，人们在河边散步，欣赏着斜阳下的溪流潺潺流向远方。

城中心最高的建筑物——佛塔

我站在城中心最高的建筑物——佛塔之下，感觉天风荡荡，细沙拂面，不由得双手合十，躬身致敬。我仿佛听见佛塔周围诵经之声萦绕，不绝于耳，楼兰子民在外敌逼近的时候，依然心怀谦恭，在这里祈求佛祖保佑他们生存的家园，保佑家人平安，保佑出征将士凯旋。这座高约10米的残塔，是用土坯、糯米浆、柳条砌筑而成的，两千多年过去了，它依然顽强地证明着楼兰国的存在，同时也显示出当时佛教在楼兰的兴盛。

在城中心的台地，一些残存的墙垣和屋架建筑看来是城中建筑比较密集的场所，考古学家推测是楼兰人的王府和汉人的衙门——西域长史府故址，因为这里曾经出土了大量魏晋木简、文书和佉卢文书，汉文书是用木笔蘸墨写在木简上的隶书，字迹清晰。而佉卢文属于早已消亡的文字，无人能解。这种源于古代

龟裂的干河道

印度西北部的文字，公元3世纪流传到塔里木盆地并一度被广泛使用，到后来又神秘地消失。

遍地散落着胡杨木梁、檩、椽等木构件，其中不少还凿了眼，刻上了花纹，显示出相当高的工艺水平。而这些被精心加工过的木料似乎还没来得及派上用场，就在原地经历了两千多年的风吹日晒，它们见证了楼兰故城退出历史舞台的全部过程。

除了佛塔，楼兰城中最显眼的建筑遗迹就是"三间房"。这是城中目前最结实的建筑，虽然房顶和门已经不翼而飞，然而三面的墙壁依然还在。三间房的墙壁是城中唯一使用土坯垒砌而成的，坐北朝南，直接对着南城门。东西两端的房屋都是木结构，木料上还残留着朱漆，有的木料长达6.4米。从这一组建筑物的位置和构造等情况分析，这里可能就是当年楼兰城统治者的衙门府所在地。

虽然"三间房"被一致认为是西域长史府的官邸，可是也有质疑。我曾在若羌县城与中国社会科学院的杨廉教授见面，曾分析过这个楼兰传奇的地方，他认为"三间房"只能是西域长史府的组成部分，更可能是存放机密文件与武器的库房。我从三间房后面的台地绕进来，想实地论证这个推断是否合理，发现三间房的空间极其狭窄，房间内径还不到一米宽，如果是两个胖子同时进来的话，可能会造成一个冷幽默笑话。试想，什么级别的官府会将自己的办公场所建造成这样的格局？三间房舍都是长方形，是典型的"册"字形建筑，最宽处不超过1.2米。杨廉教授说在这儿无论面朝哪个方向，都安放不下一张办公桌。著名的《李柏文书》出土地点虽有诸多说法，但认为出自"三间房"的推测占多数，因为李柏本人正是前凉的西域长史。

　　"三间房"中其中的一堵墙是用两根木头撑着的，据说是为了保护这堵两千年前的古墙壁不倒塌，另一面墙是用新打的土坯从下面紧贴着砌起来"支撑"，两处泥土的颜色深浅不一，比原来的墙壁宽了一截。

　　从"三间房"走出，我不由得走向那些歪斜的胡杨木桩和用芦苇丛围成的矮小、散杂而又破败不堪的"建筑"，

"三间房"

一间间原本以木为梁架、以红柳作墙垣的房屋，如今只剩下几个胡杨木桩还直挺挺地插在沙地上，证明着曾经的家园。干枯劈叉的木桩上刻着粗糙的时间纹理，在这里已经伫立了数千年，享受着千年的孤独和风尘。我有些疲倦地坐在一处沙地上歇息，这座古城让人心悸，看着旁边高高直立的木桩，脑海里不由得突然跳出一个词：门槛。莫非此时此际，我正坐在谁家门槛前的石凳上休息？思忆千古，穿越时空，当年这家主人或许正从这个门槛进进出出，走进他在楼兰国的每一天，或者坐在门前眺望远处胡杨林中的羊群，也许有时他还坐在自家的门口纳凉，遥望夏夜银光闪闪的星河……

　　从仅存残缺的胡杨木柱和低矮的芦苇墙来看，似乎城中住户并不多，虽然史料记载西汉时期楼兰国有 14 000 多人口，可是从建筑群的规模上

看，残留下来的有做工精细的木制品建筑，大概是大户人家的房子吧。这样的民宅留存下来的大约还有几十间，集中在城西组成了居住区，而城东又分别被划分为行政和军事区，整座城市功能齐全、布局分明，可以看出统治者的城市规划和发展意识明确。这些古楼兰人的房屋，正如斯文·赫定所说："都是木头造成的，墙垣是柳条编的，或是在柳条上再涂泥土，门框和木柱还立着。"如今房屋底部已被沙丘所掩埋。从房子的大小和建筑材料分析，专家认为，那时的楼兰故城已有了明显的贫富分化现象。贵族、商人、僧侣、贫民还有来往的商队、使者，雅利安人、塞种人、月氏人、安息人、匈奴人、汉人以及当地土著居民，楼兰故城就是在这些人当中建构着自己的运行秩序。

"三间房"
遗址残存的木头

沙石地面上散落着一些碎陶片，暗红、蓝色的陶片随处可见。四处散落的胡杨木柱精巧的榫头结构和人工凿孔，显示着楼兰匠人的智慧。从这些木桩可以看出当时古人的建筑水平和高超技艺，同时又为我们展示了当时丝绸之路南道楼兰国繁荣的经济。

佛塔下，小杨捡到了一个类似号角的木制品，我们争相传看，谁也猜不出这是做什么用的。阳光滚烫，风沙迷眼，由于进古城没有带背包和矿泉水，只觉得口渴无比。

往回走无需带路，当纸面上的地形图及复原后的城池与我的脚步相吻合时，这里就已经是我的老相识了。我们结伴进来的一行人，已经分散在这古城中，每个人都有自己的方向，在这与古城面对面的宝贵时间里，在经历长途跋涉的艰险之后，每个人都以自己独特的方式与古城独处。也许楼兰故城的氛围更适合独自徘徊，适合低头不语，适合深入思考。

长发已经被吹成干柴状，满脸细沙的我如同一个流落此地的古人。将原本装饰用的运动衫帽顶在头上，恰好是那种楼兰人常戴的尖耳帽。我听见自己微微的喘息声，在这里除了风声，似乎还有一种声音冥冥中伴随着我，深一脚浅一脚地走在这沙土路上。遥遥地看到了进城的大门，我仿佛古城之人，身后随着数以万计的民众，忧思万千地走在自己留恋无比的土地上。城外强敌逼近，厮杀不断，城内举家迁徙，人们慌不

干枯的胡
杨木桩

择路，流沙般地撤出楼兰家园……

蓦然回头，身后是残损的佛塔，歪斜的民居，依稀可辨的城墙，随处可见的残垣断壁，以及旷古的荒寂。这座被楼兰人遗弃的城池，这张被风沙摧残的古老容颜，用地老天荒一词形容此地极为贴切。我的泪忍不住地滴落，在楼兰所有关于时间和空间的记忆已然不复存在，回荡在天地间的是无尽的旷古忧伤。这忧伤之情蚀人心怀，只要想起楼兰，如影随形，挥之不去。

碎陶片

谜一般的交河故城

在去交河的路上，树木在赭土色的背景下细细密密地露出浅嫩的小芽，蜜蜂萦绕在盛开的第一朵杏花枝头。春天在新疆是迟缓的，漫长而寒冷的冬季在春天有一个暂缓期，你可以感觉到大地解冻苏醒的声音，在平静的泥土下一场天翻地覆的苏醒和挣扎欲泪而出。

当久违的燕子在阳光中呢喃，当第一缕杏花绽放在寂寥灰赭的街头，我们知道了春天是真的来了。

然而，走进交河，这座废弃的古城似乎让我走进了一个人的内心，我的触觉和感知灵

交河故城遗址

敏异常。交河带着一个巨大的伤口保持缄默，这漫天而来的旷古忧伤化作风声萦绕在我的左右。此时不是旅游季节，交河显得沉静落寞，空旷的城池里只有我们一行四人。我的脚步不由得缓慢下来，那寂寥的回声像是一道道生命的追问，充满了不解之谜的交河故城。

脚下的黄土掩埋着 2 400 年前人类的气息，这里虽然到处矗立着昔日的辉煌，而一座座生土建筑如今人去楼空，徒留风凿的痕迹。

人消失了，城陨落了，繁华只是曾经的影子和现在的推测，而风还在，还在交河这座城中徘徊呜咽。

我在听，我在听，浩荡天风，直击耳膜。我在听风诉说一段千古绝唱。

车师人在 2 400 年前选择了"择水而居"，人类的智慧就这样在河流相交的地方显现了出来。交河像一枚柳叶，嵌落在吐鲁番牙尔乃孜沟两条河交汇处。这座城郭是用生土建的，多为挖地成院，掏洞成室，夯土为墙，屋宇一般为两层，临街不见门窗，穿巷方见大门，是典型的唐代建筑特色。四无城墙，崖岸笔立如削，壁垒天然。这种"减地造屋，夯城为墙，掘土平路"设计建造城市的方法在国内外堪为独树一帜。

关于交河的来历，《汉书·西域传》称："车师前国，王治交河城。河水分流绕城下，故号交河。"

站在城中，官衙、寺院、佛塔、民宅、瞭望台、街市、店铺依然清晰可辨，时间在这里突然令人惊奇地放慢了脚步。

我仿佛听见千年的工匠手持自制的工具在黄土高台上挥汗如雨，在暴虐的烈日下一凿一铲精心敲打挖凿着自己的栖身之地。在物资匮乏的古代，人们尊称大地为母，黄金为土，利用这儿现成的生土资源，在戈壁荒原的绿洲中打造了这样一座荫凉温馨的家园。

我仿佛听到了，仿佛看到了，千年时空的迷障里尘世的声息和沸腾的人间烟火：寺庙早祷的磬鼓在晨雾中敲醒沉睡的城池，客店的灯烛还未全熄，窗棂已被又一批商贩推开；手工艺作坊的炉膛壁上热火焚烧，剪刀、锅釜、耕具、利刃、土陶……迎着熹微的晨光而烁烁放光；家家户户粮仓殷实，炊烟袅袅；街市巴扎（"巴扎"，即维吾尔语"集市"的意思），成群的市民边走边看，惬意又悠闲地打发着时间，人们采用最原始的物物交换的方式安居乐业。

健壮的少年挑着刚从自家田地里采摘的菜蔬，晶莹的露珠闪在初晨的阳光里，闪花了人们的笑脸。白发苍苍、青衣素裹的老妇人神态从容、笑容可掬地坐在屋檐下哼着歌谣，缝制着婴孩的小衣服，身旁的摇篮里躺着甜睡的婴儿。城中的中心大道，经纬罗裘，侍者列对款款而来，马蹄囊囊，尘烟滚滚。

不难看出，交河在鼎盛时期是个纷纭熙攘的繁华都市，随处可见人们忙碌劳作、安居乐业的生活痕迹，这完全是一幅《清明上河图》的西域上古版本。

我行走的步伐是否恰好踩在千年前兴高采烈地去赶巴扎的大爷的脚印

上？是否正循着一个母亲焦急地等待着晚归儿郎的眼神？只是当一堆堆墓冢般的土丘，出现在我们的视野的时候，我才知道风的呜咽为何如此凄绝、催人泪下。

一个矗立的石碑上刻着这样的记载：婴儿古墓群。有着一双琥珀般绿眼睛的回族导游小马告诉我们：这座古墓群埋葬着两百多名婴孩。真是触目惊心！娇嫩的婴儿应该听着摇篮曲，贴着妈妈的胸膛，香甜地睡在妈妈

的臂弯中，怎么会有这么多的婴儿葬身在冰冷的墓穴中？婴孩死因未果，并且在信仰佛教的地方采用伊斯兰教的埋葬方式。伊斯兰教认为：婴孩是无罪的，并且认为用这种埋葬的方式，死后可以复生。

多么凄绝的葬礼啊！千年前的繁华古城究竟发生了何等大事，致使200多个婴孩永远地闭上了他们纯净的眼睛。看着碑文，我心痛楚。有多少死亡的婴儿就会有多少痛苦的母亲！我的泪在荒弃的遗址上风干了又落下。

一枚船形的叶子嵌在这起伏的河流之间，这艘被历史搁浅的方舟回荡着多少亡灵孤弱的哭声。对于一个母亲而言，又有什么比听到孩子的无助哀号而肝肠欲断？又有什么比永远听不到孩子的哭声而痛心疾首？在这

交河故城

里，我踩到了老城核心的痛，孩子的死亡导致了全城人的溃败和灭绝，全城人的消亡导致了一个城池的消亡。

婴孩死去，希望何在？城中随处可见悲伤的父母，哭瞎眼睛的老人，惴惴不安、眼神迷离的少年，人们无心生产、身心涣散，烧窑的炉火熄灭，痛苦的妇女无力炊饭，整个城池笼罩在死亡的气息中。

史书记载：交河故城建在自北向南高 30 余米的黄土地上，长 1 650 米，最宽处 300 余米。建筑年代早于秦汉，西汉时，中央政府往吐鲁番地区委派"戊己校尉"，设立"交河壁"。北魏至唐初，为高昌王国属下的交河郡。设立西州后，此城为西州治下交河县。唐朝派驻西域的最高军政机构安西都护府，最初设于此城。8 世纪中叶至 9 世纪中叶，交河曾为吐蕃人所据，后又为回鹘高昌王国属下交河州。13 世纪末叶，毁于蒙古贵族叛乱的战火中。

战争，是人类残酷的毁灭方式，使得繁华都城一夜之间变为废墟。在西汉初年，连通地中海沿岸与黄河流域两大古代文化中心的丝绸之路已经开通，交河故城的地理位置非常重要，而交河作为丝绸古道上的重镇，历来就是中原各王朝和北方游牧民族的兵家必争之地。所以，这是一场必然的争战。一方大举进犯胜利雀跃，而另一方则溃不成堤伤亡惨重。战争是人类用自己的左手打右手的愚蠢行为，交河的毁灭就是现世报。

火，连绵的战火。汹涌的火苗和敌人的厮杀声在深夜的梦魇中涌进这座没有城墙的城池，他们用火来对付这座毫无防备的城池，蘸油后燃着的火把流弹一般，一个接一个飕飕地从城外投掷进来，楼棚器械已经被火烧着。树被点燃了，燃成一个个火球，羊背上也开着光亮的火花，城内人仰马翻，鸡犬不宁。他们又燃起树枝向城内纵烟，无助的人们哀声四起，抱头鼠窜。情急之中用水救火，孰知竟然适得其反，加水则火势愈炽……

这是最惨烈的一次战争，这是一幅人类自己制造的人间地狱。交河在战火中毁灭了，这个还没有形成文字，族属又不清的民族带着难解之谜陨落在历史的长河，一座繁华的城郭就这样消失殆尽了。

古城边缘的水流潺潺依旧，听起来可否与千年前的一样动听？那水声涵盖着一种自上而下的悠远，也融汇着历史的沧桑与沉淀的思绪。交河故城难道不是西域历史泣涕的一颗哀伤之泪？这眼泪背后的痛楚给后人留下多少启示。

且末古城，你在哪里？

我踏进古陶片遗址，不由得凝神屏息。当地学者杨延龙告诉我，从扎滚鲁克古墓到来利勒克遗址的这段路，地底下都是尚未挖掘的古墓。四处眺望，荒野空寂，除了纵横交错的土台地和石子之外，就是几株稀稀疏疏的骆驼刺，在风中摇曳。走到这里，当空的日头散发出炽烈的白光，目光所及之处都是亮闪闪的热浪，粗粝的风吹得人睁不开眼睛。跃上一个土台，不由得被眼前的一切怔住了：这大约千余平方公里的空旷台地上，仿佛是谁刻意打碎了一个制陶坊，满地都是破碎的陶片。

大大小小，颜色各异。有原始的夹砂陶，有质地细腻的红陶、黑陶片，黑色的铁块、炼铁渣，甚至还有彩陶片，杨延龙认定我发现的这片彩陶是唐代的。为什么在这里会出现如此之多的碎陶片？这个疑问不由自主地浮上来，从陶片本身的质地即可看出是出自不同年代。陶片的年代从春秋战国、西汉到唐朝，亦历经了千年的时间跨度。据说，地表陶片散布最密集处达每平方米116块，来利勒克遗址以"面积最大的古陶片散布遗址"而列入"大世界吉尼斯之最"。考古学家曾在此采集到石磨盘残块、玻璃片、料珠及女人用的精美耳环、铜镜、铜耳坠、印度琉璃装饰品等明显带有异域之风的物品。在此还发现了一些古代毛织品、古尸，还有陶片、弓箭等物，证明这里曾是汉军屯田驻守城邑的遗址，古城墙已经全部坍塌，护城河的遗迹几乎辨别不清。

这里出现的大量碎陶片成为一个无解之谜。据专家推断，且末古城处于玉石之路和丝绸南道的重地，是商贾驼队必经的驿站，陶器是古代居民不可或缺的生活用具，需求量相对较大，一些陶器在运输过程中不小心被打碎，残留于此。第二种推断是在古河道的上游曾发现西汉时期的烧窑作坊，车尔臣河经常洪水泛滥，也许是洪水将烧窑连同做好的陶器一并卷入下游此地。

环顾四周，除了几个残破的已沙化的土堆外，我看不到与制陶作坊和古城有关的任何线索。当地人说这里曾经是车尔臣河的古河道，车尔臣河也称流沙河，历史上有三次改道的记载。据说，且末古城亦是由于车尔臣河的改道而废弃的，最终成为一座找不

干旱的且末

到任何遗痕的古城。

汉唐时期，且末一直是丝绸之路西域南道上的重镇。最早来到这里的是西汉使臣张骞。据考证，张骞第一次出使西域返程时途经且末至若羌楼兰国。《汉书·西域传》说该国位于鄯善以西720里，精绝以东2 000里。北魏神龟元年（518年），宋云西行从吐谷浑到达鄯善国，从鄯善西行至且末国。他在《宋云行记》对且末古城有比较详细的记载："从鄯善西行一千六百四十里，至左末城（且末城）。城中居民可有百家，土地无雨，决水种麦，未耜而田。"唐朝高僧玄奘于公元644年自西向东返回长安时，经过了折摩驮那故国（即且末古城），但这时的且末城已经废弃。

元代，意大利探险家马可·波罗一路向东，经和田，沿车尔臣河经且末抵达罗布镇，他在《马可·波罗游记》中说"沙昌省（今且末）境内有八条河流，出产玉石和碧玉。这些玉石大部分销往契丹，数量十分巨大，是该地的大宗输出品。"清代学者徐松在《西域水道记》中记载了且末的山川湖泊；1883—1885年，俄国探险家普尔热瓦斯基在且末考察，他关注的是当地的自然地理和动植物状况；1906—1907年，英国考古学家斯坦因考察了和田至敦煌沿线地区，他认为："关于新疆大漠南缘沿线隔绝着的聚落在不同时期遭受到的波折，且末的历史做出了清楚的说明。"1910年，日本僧侣橘瑞超第二次来到新疆，除了发现楼兰旧址，他还在且末考察了当地人淘金、务农、警务及探险者、流放者的情况；1928年，瑞典探险家贝格曼随中瑞西北考察团考察新疆，他在且末对当地的河道、绿洲、古城、古墓、干尸、民俗均有考察；1934年，瑞典探险家斯文·赫定在且末发现并带走了一具女性头骨，这具头骨具有典型的印度和蒙古人种的混合特征。

斯文·赫定在罗布荒原上发现了楼兰故城，斯坦因在茫茫沙海中找到了尼雅遗址，而和楼兰、尼雅具有同等重要的且末古城却鲜为人知。在古籍中出现的且末古城，如同一座幽灵般的城市，游荡在黄沙之间，直至现在也没有确切找到它。

且末出土的文物

20世纪70年代，中国科学院冰川研究所的专家们在塔克拉玛干沙漠且末县境内做科学考察时，曾与且末古城不期而遇。他们在沙漠发现了一座古城遗址，因为专业不同，进入古城的专家们并未引起高度的注意，由于好奇，一位专家在满地写着看不懂文字的木板中随意拾取了几块，就离开了。殊不知，这几块写有文字的木板带回去经专家鉴定，竟然是珍稀的已经消失的死文字佉卢文木简，那上面反复出现的是且末这个地名，内容是公元3世纪左右，鄯善国且末州的一份法律文书。

这一发现遂引起了多方轰动，有关部门引发了寻找且末古城的热潮。遗憾的是当年无意识的发现并没有做任何地理位置标识、测定和记录，所以寻找且末古城成为一件极其困难的事。此后根据考察人员的回忆，在茫茫沙海中进行的寻找活动都以失败告终。这座谜一般的古城，突现又消失，给西域探险留下了一个挠人心痒的悬念。

且末民间也有关于古城的传说，当地的老百姓认为那是一座让人捉摸不定的城池，无意中可以走进它，而刻意寻找时，却求之不得。一位维吾尔族老乡曾经在风沙中走进一间屋子避风，那间奇怪的屋子里坐着白须长髯的老人，美丽的妇女和可爱的孩子，男人穿着麻布衣服，女人衣着艳丽，有的扎着长辫子，有的胳膊上还刺有花纹，有的脸上贴着花黄……他很想和他们交流，却像中了魔一般不知道如何开口。直到风沙息止，他才恍恍惚惚地走出了那间房子，回头望去，烟尘缭绕，那些连成一片的房子，如同一个繁华的集市若隐若现。回来后，他把自己的奇异经历告诉了家人，大家将信将疑，因为他避风的那个地方，根本没有房子，只有干涸的古河床。之后，他带着人再去搜寻，费尽气力，也没有找到他曾经避风的屋子。有人怀疑是他的南柯一梦，他挠挠头却清晰地记得每一个细节，最重要的是没有沉睡的记忆。究竟是梦是幻，最终连他自己也说不清了。

初步确定的
且末古城遗址

专家将古城的地理方位初步确定在今且末县城正北约 40 公里处，车尔臣河古河道大转弯的一个相对狭小的地域，并认为且末古城是塔克拉玛干沙漠中唯一一个可能被发现，而迄今未被人触及的古代都城。由于特殊的气候条件和地理位置，其保存状态的完整性应该会令世界大吃一惊，这里一定隐藏了古代人类生存的秘密。未发现的且末古城将成为考古研究的处女地，探险家心中的极地，也一定是丝绸之路珍贵文物荟萃的宝库，其价值和影响可能不低于埃及法老王墓、特洛伊古城、楼兰故城、尼雅遗址、秦兵马俑。

当然，这一切需要用脚步和汗水的丈量和智慧的发现，需要确凿的依据，需要考察研究的耐心和执着。让我们期待有志者去完成寻找和实证塔克拉玛干沙漠中最后一个伟大秘密的壮举吧！

且末古城，你究竟在哪里？

土陶密语

在这片古老的荒原上，静静地躺着无数条干涸的河床。岸边的沙砾铺满螺壳，蓝色刻花陶罐碎片散落在地，仿佛清晨前来打水的少女突然看见古老的河水消失，受到惊吓而失手摔破了陶罐。

陶器碎片

陶罐，这种人类最早的生活器具，曾经陪伴着人类经历了他们的童年期。一双双粗糙的手将黏土捏合，放在火上烘烤，成形后的容器可以盛放水和食物，陶罐结束了人类茹毛饮血的原始生活状态。

大约在公元前1万年时，人类就学会了用黏土烧制陶器，这是人类的一次重大探索。第一次用改变物质属性的方法制造出来的产品，水与黏土的搅和、火候的把握应该是人类最先掌握的一项生存技能之一。土在地球表层分布甚广，实用的陶器最终成为人类生活不可或缺的物品。

经过烈火煅烧的土陶永不腐烂，几千年岁月的腐蚀几乎对它们毫发无伤。土陶是一本无字之书，它默默地讲述着过去的故事。

东汉时期，班超奉命率领一支轻骑远征西域。在一次与于阗反叛势力的征战中，班超用了几千个陶碗摆下迷魂阵，令叛军头目犯疑不敢轻举妄动，犹豫地后撤数里地，结果错过了一个本来可以轻松取胜的战机，班超率领的三十六名勇士反而化险为夷，一举歼灭了军心溃散的敌人。

兵不厌诈。几千个陶碗一字铺开即可退敌，足以见得土陶背后所隐含的寓意。那陶碗代表着千军万马，在敌军不明情况的时候，土陶用自身的威慑和所携带的人文气息，吓退了叛军。一向善于以一当十、智勇双全的班超，正是利用一切可以利用的时机取得了一次次的胜利。

当我走进喀什高台民居的一家土陶手工作坊时，女主人伊米尼汗热情淳朴的笑容把我们迎入她的小院。在光线昏暗、设施简陋的作坊中，女主人的儿子正满脸灰土地将揉拌好的陶泥放在自制的木质轴盘上，双手不停地贴靠转动的陶泥，如同一尊雕塑。他神情肃穆的样子，如同侍弄着心爱的婴孩，他只对我们礼貌地点点头，就专心致志地操持着手中的陶罐。不停转动的陶罐旋转着自己的生命，不一会儿，一个土陶罐就这样诞生在这双骨节粗大的手中。

陶器

旁边的一间房子里，头裹围巾的女人正在往烧窑里添加柴火，烟熏火燎中土陶完成了自己最初的磨砺和淬炼。正是由于历经火的考验，所以土陶才会有坚强的筋骨。那些古墓中的土侯贵族，他们的尸骨在千年的光阴中被消解成一堆残骸、化为尘土，而土陶还完好无损。

在吐鲁番盆地的洋海墓地，据考古学家推测，里面可能会有逃至高昌的楼兰人后裔。洋海墓地中发现了近500件彩陶，陶罐的形状和纹样图案

陶翁

具有鲜明的地域和时代特征，一种通体装饰火焰纹和三角纹的沿耳杯和两方连续的涡纹壶，几近完美。这样精美的陶器是楼兰人曾经离不开的生活器具，死后也要携带着去天堂。

尼雅遗址中有一个半埋于土的巨型陶翁，当年精绝人面临灾难，远走他乡，慌忙中将比较重要又来不及处置的佉卢文木牍藏在了陶翁中。在尼雅遗址，破碎的陶片触目惊心，遍地都是红褐色陶器的粉末。一些红褐色的陶器普遍夹砂，因为火候不高，已经化为陶土。一些烧造火候高、工艺精美的陶器，作为殉葬品与古人一起埋存，打开棺木许多古人已化为一片白骨，而陶器还在，轻叩仍然清脆作响。

制陶，在精绝国人民的社会生活中占有重要地位。陶制大瓮不仅可以用来储存自酿的葡萄酒，还可以存水储粮。陶罐、陶瓶、陶瓴以及陶土烧制的杯盘，生活的方方面面都要依靠陶器。所以陶工的地位很高，在佉卢文书简中，有"陶工"的字样，而且陶工一般是世袭工艺，是受到社会尊重的手艺人。

一段曾经轰动精绝国的爱情故事，是两个有家室的陶工的婚外恋，弃家财而不顾，私奔至沙漠那端的龟兹古国。而这个陶工的婚外情却受到了精绝王的保护，这可见陶工对于当时精绝社会生活的重要性。

在西域出土的陶器，尤其是新石器时期的陶器，既有中原和河西走廊一带的风格，又有中亚的风格。令人惊讶的是，那时候的古人没有飞机、越野车，仅靠双脚奔走在如此广阔的领域间，他们交游之广已远远超出了人们的想象。试想，几个赤身裹着兽皮的人，光着脚穿行在无垠的戈壁沙漠或绵延千里的崇山峻岭之中，抱着笨重的陶罐往返于不同的部族之间。时间把他们连同陶器埋在沙海之中，而陶器则成为考古学家争相研究的价格不菲的文物和破解远古之谜的密码。

人类祖先从山洞里走出，看到树上成熟的浆果，人们开始刀耕火种，建造稳定的家园。烧的陶器可以使用，通过烧陶的烟，可以观测天文历象，将日食日晕的惊遇刻在洞壁上。陶器跟随着人类一路走来，是人类不离不弃的忠实朋友。

当精美的瓷器逐渐替代了拙朴的土陶器，手工制陶业已经是日薄黄昏了。古老的土陶有着极强的生命力，不会因现代文明而消失。作为艺术品被束之高阁地陈列在博物馆的展架上，它们默无声息地倾吐着隔世的文明，用存在揭示着古老的密语。这承载着希望和文明的容器，亦承载着一个民族的兴衰。当我拿起细腻轻便的瓷器杯具喝茶的时候，突然联想到那些古楼兰人顶着偌大的陶罐在河边汲水的足印，毋庸置疑，陶罐里承载的是人类生存的秘密。

进入楼兰故城的荒漠，一路上紫灰色的沙

人面陶器

第一辑

53

砾中尽是碎陶片。这些难以复原的陶罐，如同无法复原的楼兰，有谁曾听见它们被肆虐狂风掀翻在地的声音？那破碎的声音是楼兰人慌不择路的内心哭泣，他们丢盔弃甲、跌跌撞撞，甚至连生活中必需的陶罐都顾不得了，是什么样的驱逐迫使他们丢弃陶罐，丢弃家园？

每一个陶罐都藏有一组密码，这是它们生命力的基因。那些与丝绸之路的古城一起存亡的陶罐，解读它们，就可以得到祖先留给我们数不尽的宝藏。也许是吧？！

第二辑

环塔里木盆地旅行记

僧侣取经西行路

　　一部《西游记》让我们从孩提时代就记住了无所不能、神通广大的孙悟空，至于他们师徒为什么要历经磨难去"西天取经"，儿时的我们其实并不甚明白。这"西天"是指以黄河流域的中原为中心往西的方向，唐僧师徒执意要去的西天大雷音寺实际上是印度佛国。这唐僧是明代作家吴承恩以唐朝玄奘法师的经历和他所撰写的《大唐西域记》为范本，塑造的一个执着、不畏艰难险阻的高僧形象，而他所经历的路线即是从长安出发，经玉门关以西的西域大地，从高昌沿天山南麓南行，经中亚，南越锡尔河、阿姆河，进入阿富汗、巴基斯坦，最终到达印度佛国。

　　玄奘法师所走过的西域自古就是东西方文明的荟萃之地，这片土地与佛教的产生、传播和发展有着密切的关系。西域的于阗国曾被佛教僧侣视为"小西天"，或被称为佛教的"第二故乡"。虔诚的佛教徒为了传播佛法，普度众生，不惜逾越高山大漠，

西行求法僧

冲破艰难险阻，万里跋涉，求经取法。他们东进或者西行的足迹远远超过了自身的目的，为后世留下了丰富的历史遗产。

从古代中西方交通分析，葱岭以东是西域的塔里木盆地，盆地南北侧有一系列沙漠绿洲连接起来的通道，丝路南道以于阗（今和田）为中心，丝路北道以龟兹（今库车）为中心。公元前 2 世纪，从河西走廊经伊犁河迁徙到葱岭以西的大月氏，逐渐崇奉佛教。公元前 138 年，张骞出使西域，正式开通了中西交往的通道。在这种背景下，首先把佛教传入西域于阗的是来自迦湿弥罗的高僧——毗卢遮那。他于公元前 70 年左右，踏上向西域于阗国弘扬佛法的征程。

佛教大约于公元前 1 世纪后半叶传入西域，至 2 世纪天山南北七国对峙，长期进行着争霸掠夺战争，广大人民处于水深火热之中。佛教以其富有哲理的教理教义，别开生面的传教方式，为西域各族人民的精神世界注入了阳光，人们把希望寄托在来世与天国，于是佛教逐渐成为人们信奉和尊崇的主要精神活动，寺庙、壁画、石窟等佛教建筑开始耸立在西域大地。

三国时期，曹魏颍川僧人朱士行率先踏上了西行求法取经的征途。公元 260 年，朱士行从

西域佛像

长安出发，经沙漠长途跋涉，最终到达于阗。关于朱士行西域行经的路线史书上并无详细记载，而从年代上推断，他很可能是从丝路南道进入于阗国。

朱士行于魏甘露五年（260年）出家，潜心钻研佛法。他向信徒们宣讲的大乘佛籍，是由天竺沙门竺佛口述翻译的。由于沙门竺佛的汉语水平有限，并未能讲出佛教的精髓要义，朱士行感到遗憾，决心亲身前往西方求法取经。于是，他成为中原西行求法的第一位佛僧。不过，他并没有到达佛教的发源地印度，而是到了"小西天"于阗国。

取经僧侣纪念碑

当时的于阗国通行佉卢文和于阗文，属于印欧语系东伊朗语支，许多佛经都是译成这两种文字流行于西域地区。朱士行一边向当地高僧求经学法，一边学习语言文字，并不断派遣弟子将译成的佛经送回中原。在西域20余年，朱士行实现了自己的愿望，于80岁高龄在于阗谢世。

另一个"西行取真经"载入史册的高僧是法显，以65岁的高龄出行西域。他从陆地西行，从海路返回，回到南京已是79岁高龄。他游遍西天天竺佛迹，远渡重洋并留下了著作《佛国记》，成为中外研究古代印度和西域历史、地理不可缺少的一部重要著作。

东晋隆安三年（399年），法显从长安出发，西行求法，并在他的游记中留下了对西域佛寺的最早记录。法显出敦煌，过三垄沙，路经楼兰，在这里留下了一段影响后人的可怖描述。他以近乎骇人听闻的词句，把他过往楼兰途中的观感写在了《佛国记》中，使得楼兰所处的罗布大地和那条穿越此地连接东西方的丝绸古道，在后人的心目中平添了不少神秘、恐惧与诱惑。

龟兹壁画中的飞天（复原图）

法显经过的塔里木盆地南缘直至阿奇克谷地，是中国西北沙尘暴的策源地之一，在荒原上遇上尘暴，自然凶多吉少。极其干旱的阿奇克谷地行途不见飞鸟走兽是极为正常的，可见在楼兰国废弃之后，这里的生态环境恶化的程度。

法显经过鄯善国时谓："其地崎岖薄瘠。俗人衣服粗与汉地同，但以毡褐为异。其国王奉法。可有四千余僧，悉小乘学。"

法显原本选择走的是丝路南道，南道距印度要比北道近得多。但是在渡过"沙河"抵达楼兰古国之后，沿途流沙的艰难吓住了他率领的僧众，加之从南道走克里雅以东方向，还将穿越很长的流沙路程，他们听当地向导说沿途还有羌人的拦截骚扰。最终法显临时改变了计划，决定北上再西行，走焉耆，再经木素尔岭南下。

然而，到达焉耆国之后才发现，由于信奉的佛教教派与当地佛教教派教义相抵触，老百姓视他们为洪水猛兽，不给他们提供水和食物。无奈之下，法显只得从焉耆南下，横渡塔克拉玛干大沙漠，到于阗后再向西行。他们用了一个月零五天的时间穿越了塔克拉玛干大沙漠，在《佛国记》中，法显仅用了 17 个字描述此行的经历："路中无居民，沙行艰难，所经之苦，人理莫比。"他认为人间再没有比这更苦的事情了。

不过苦尽甘来，法显成为历史上有记载的穿越塔克拉玛干大沙漠全程的第一人，在中国和世界沙漠探险史上留下了辉煌的一笔。

法显对西域佛寺的描述言简意赅，只对塔里木盆地西南的于阗佛寺进行了较为详细的描述。他说："彼国人民星居，家家门前皆起小塔，最小者可高二丈许（约 4.5 米）。作四方僧房，供给客僧及余所需。"于阗国、楼兰国皆地处沙漠干旱地带，植被贫瘠，当地人散居在河流冲积出的沙漠绿洲上。佛寺也随居民点分布，星罗棋布地建在沙漠边缘的小绿洲上。

世界上最小的佛寺遗址

经考证，法显笔下的西域佛寺，平面呈方形，中间为佛塔，四周环以单层或多层围墙，围墙上绘有壁画，在围墙与佛塔或围墙之间构成礼拜道，今称"回字形佛寺"。法显所说的"四方僧房"，则是指僧人生活起居的场所，围绕着一个方形院落，四边各建的一排僧房。

从楼兰故城、尼雅遗址、米兰遗址中残留的佛塔可推测那个遥远年代礼佛盛会的场面，僧侣信徒蜂拥而至，顶礼拜佛，香火隆盛。诵经声不绝于耳，高僧说法，钟声齐鸣。来自西域或者中原的法师，身披黄色袈裟，穿过戈壁沙海，怀着献身的精神来到这里讲经布道。在诵经说法的长吟中，仿佛山谷之上突然出现金光万道，无数飞天在空中翩翩起舞，千佛在头顶隐现跃动……

面对着几千年前人们信仰的佛塔遗址，我内心不仅升起一种神秘虚幻的感觉，也平添了一种庄严神圣的感觉。在过去的岁月，是这佛塔的精神象征点燃了楼兰人的精神火炬。我仿佛看到无数敬拜者敬畏的神情，匍匐在佛脚下，祈求佛陀保佑。

佛塔遗址

在高原之巅的瓦罕走廊，这里是东行或西行僧侣的必经通道，朱士行、玄奘都曾途经此地，望着崇山峻岭间那条通往远方的狭长沟谷，想象着行僧顶着烈日骄阳，忍受着"大头痛"和"小头痛"剧烈的高原反应，执意前行，只为寻求真理。

在西行求法的路上，留下了许多高僧的足印，这些执着的僧人用超乎常人的毅力经历了"九九八十一劫难"，终于取得真经修成正果。

与沙共舞

一、种树就是养孩子

清晨，窗外灰土弥漫。尼加提打电话说："今天有沙尘，出门一定得戴上口罩、纱巾。"他又提醒我，"这样的天气不然就休息一天，有呼吸方面疾病的人病情容易加重。"五月是南疆扬沙浮尘天气最多的季节，季风将塔克拉玛干沙漠的沙子旋起，给绿洲罩上了一层土沙罩。有人形容这样的天气是下土，"白天不够用，晚上还要补"。外出的时候，门外大理石地面铺了一层黄色的沙土，大约有五级左右的风力，树木在风中摇摆，细沙飞舞，稍不留神，就迷住了眼睛。

天地昏黄、混沌一片，这样的天气对于开车的司机是一种考验，很容易造成视觉和时间上的误差。提前已经预约了且末河东防沙站的工作人员，居来提·库尔班站长在低矮的沙拐枣林迎接我们。黝黑发亮的皮肤一看即知是被沙漠的阳光染成的，他告诉我们这个治沙站于 1998 年建成，最初

肆虐的沙尘暴

只有 400 亩实验林，种红柳、胡杨、沙棘和沙拐枣等沙漠植物。在沙漠上种树，先要打机井，种活一棵树完全依靠人工浇水，一场大风就可以连根拔起刚种下的小树苗。拔起再种下，治沙站的工作人员像照顾孩子一样地照顾着每一棵小树苗，就是这种不服输的精神，那 400 亩实验林奇迹般地扎下根，发出嫩芽，长成绿荫。直到 2002 年引进了滴灌项目之后，实验林的种植面积才扩大且成活率提高，目前已经有 2 万多亩实验林的根系牢牢地锁住地下土层和水源，它们在风沙中支起了一道道屏障，遮挡着铺天盖地的沙尘。原本风沙肆虐的五月，一个月有 16.6 天都是浮尘扬沙天气，现在降到了一个月只有 6 天。

这个城市与沙漠仅有 1 公里之隔，是全国风沙危害最严重的地区。且末古城被掩埋在沙海中至今难寻踪迹，沙暴虎视眈眈地逼视着这座绿洲孤城。在恶劣环境中生存的且末人发誓要保住自己的家园，他们将治沙行动称为"一公里决战"，与沙漠展开了生死较量。

站在那张"敢向沙海要效益，誓将荒漠变绿洲"的指示牌前，我再次想起了居来提站长潮湿的眼眶，他的父亲曾任且末县副县长，因为治沙显著，被评为"全国劳动模范"。由于劳累过度，父亲49岁就英年早逝。他接过父亲未完的事业，继续与沙共舞，除了种植沙漠植物之外，还在实验林中成功培植了寄生植被肉苁蓉。肉苁蓉是一种昂贵的中药材，原本生长在红柳、梭梭的根部。通过多次实验，

居来提站长

向专家取经请教，居来提成功了，并且取得了一亩地两三千元的经济收益。这个举措可谓一举两得，沙里来土里去的居来提站长，治沙有方，也被评为"全国劳动模范"。

种活一棵树就是种下一个希望，他把树当成自己的孩子，天天都要到林子里看一遍。可是他却内疚地说，自己准备高考的女儿在库尔勒上学，因为工作忙已经有八个月没有见过面了。

在"国家防沙治沙综合示范县30万亩总体规划"的示意图上，我看到车尔臣河东岸的广大地区将在不久的将来，披上绿色新装的模样。那绿林中的梭梭，开满了灯笼般的粉红花朵，还有红柳纤细的枝干上盛放着粉紫色的小花。这些在风沙中依然昂扬盛开的花朵，有着顽强的生命力，正与沙共舞。

二、沙漠之花

顶着昏黄的沙尘，我们走进了防风治沙站的办公室，美丽的帕提古丽也是我提前预约的治沙能手。她才参加一个主题演讲比赛回来，汉语口语和书面表达都非常流畅的帕提古丽是单位的骨干。她非常坦诚地告诉我，她曾在乌鲁木齐上过学，回乡后分配到治沙站当护林员。在工作的 7 年中，每天面对单调的沙漠和肆虐的风沙，曾有过 3 次思想波动。工作起初感觉很新鲜，可是半年后就后悔了。一个女孩子每天用铁铲挖土、种树、割苇子、打纱帐，柔嫩的手掌起了血泡，磨出老茧。她出现了消极情绪，这时一个叫苏莱曼·依沙克的小伙子走近了她，每天早晨骑摩托车去家门口接她上班，给她讲笑话、鼓气，开开心心地笑一路，干活的时候常主动地帮助她。铺设滴灌的时候，皮管是靠人工背进沙漠里的，男人背粗管子，女人背细管子，把管子背在背上，一圈圈地缠在腰上爬上一个个大沙坡。走在沙上，几乎是走一步退两步，一圈管子 400 米长，越走越重。同样的风沙在苏莱曼眼中就像他唱歌的伴奏乐，顶着风沙哼着小曲，怡然自乐。无论环境怎样恶劣他总是笑呵呵的，从不埋怨从不叫苦。这个比她大三岁的男人自然

沙生植物

而然地成了自己心爱的老公。

第二次思想波动源自于家庭发生的一系列灾祸，哥哥骑摩托车出车祸去世了，妈妈患肺心病已经有三四年，得此噩耗病情急剧恶化，父亲也承受不了这样的打击，父母双亲在20天的时间相继过世。短短不到一个月的时间，几个重要的亲人都离去了，刚生完小孩的帕提古丽陷入无尽的苦痛中，坐月子时一个人以泪洗面，40天几乎是哭着度过的。爱人、亲属和治沙站的同事们向她伸出友爱和援助之手，慢慢地使她从悲恸的情绪中解脱出来。

然而祸不单行，27岁的她在体检的时候发现患有脑瘤，她简直不相信自己的耳朵，四处求医，她发出无助的哀号："命运为什么要这样对待我？父母、哥哥接二连三地离开，自己又得了脑瘤……"病情严重、身体虚弱的时候，她甚至想到了死，可是看到年幼的孩子，疼爱自己的老公，还有那么多关心帮助她的人，她觉得与其终日忧忧戚戚，不如勇敢面对。她调整了心态，积极配合治疗，很多好心人给她的偏方也愿意一试。听说喝熬蛇汤可以治病，老公、同事、朋友就去沙漠中抓旱蛇，剥皮熬汤。经过一年多的调治，她的病情稳定了，重新回到了工作岗位，更加卖力地投入工作。同事们都不让她干重活儿，站长把她安排到办公室做些写材料的文案工作。在一次次的磨难中她倍加珍惜亲情、友情和真情，对待工作更是兢兢业业，从不怠慢。

我们在听这朵沙漠之花讲述她的人生的时候，都情不自禁地流下了眼泪。当我擦拭眼泪的时候，才发现自己满脸沙尘，甚至连嘴唇上都沾有细细的沙子。

三、沙之歌

当我走进民间艺人的舞台时，才发现那些从漫天浮尘沙土中骑着毛驴、骑着摩托，从四面八方赶来的艺人们，唱歌、跳舞在他们的生活中是件多么重要的事情！他们掸净身上的沙尘，在后台认真地整理着自己的妆容，梳理着头发，换上干净的演出服，立即容光焕发地出现在台上。

弹奏热瓦甫的老者

8个身穿红色长裙、头插长羽毛的女子，手持阿拉其热瓦甫，莲步款款，亭亭玉立。这种小巧玲珑的乐器是维吾尔族从古代保留下来的最原始的乐器之一。古籍《唐会要》《妙法莲花经》等史书中有西域人民弹奏热瓦甫的记载，阿拉其热瓦甫和史书中记载的形状相似。由此可见，且末很久以前就有阿拉其热瓦甫弹奏的民间歌曲。用桑木制成的阿拉其热瓦甫，只有三根弦，无把位、无节拍，它有自己的音律，旋律尽在艺人的手指间和心头。

修长的指尖拨动琴弦，琴声悠扬，带着依稀的久远气息，听来荡气回肠，犹如远山里的呼唤。"有人说，山上有雪，但我看不见。我远方的爱人，我去看他，他来接我……"

旋律优美，带着古典音色的且末山歌，是居住在昆仑山脚下的人们对高山大漠的抒情。那些对于爱情的渴望和执着，对劳动、生活的赞美，是那么自然而然地出现在歌中，如同山风，如同清泉，如同车尔臣河的流水，流进阿拉其热瓦甫的琴声，流进民间艺人的心里。且末山歌的代表性传承人卡迪尔·艾合买提已经七十多岁了，至今依然每天抱着阿拉其热瓦甫在山里唱上一曲，唱完了就觉得心里快乐，他的嗓音醇正清澈，唱

到感人之处甚至泪流满面。在牧区，牧民个个能歌善舞，他们没有经过专业的训练，没有上过学，不识谱，却有一副天生的好嗓音，有着对歌舞特殊的艺术天赋和独特的领悟力。听风而唱，遇水而歌，欢乐的时候唱，悲伤的时候也唱。在盛大的节日中演唱，对着黄沙独弹独唱，边走边唱，且歌且舞。几个老友见了，大家坐在山里的草滩上都可以高高兴兴地唱上一个下午。"让你拿起热瓦甫，在荒漠中好好弹。你我共同有孤独，我愿与你共陪伴。"

且末山歌的方言鲜明，与和田话的音调相似，一般用阿拉其热瓦甫伴奏，部分情况也用都塔尔、弹拔尔、手鼓等乐器合奏。在且末山歌的形成过程中，古老的民间乐器阿拉其热瓦甫产生了很大的作用，山歌中的即兴成分通过阿拉其热瓦甫体现得淋漓尽致。专家认为，且末山歌的曲调、旋律从唐代就已经形成，在相对封闭的环境中，古代的文化遗存得以完整保

留，并从唐代一直传唱至今。

　　研究且末非物质文化遗产保护的亚库甫江·克热木认为，从扎滚鲁克古墓挖掘出春秋战国时期的古老乐器"箜篌"，说明且末音乐舞蹈的悠久历史。距今约5 000年前，且末先民在莫勒切河谷的岩画上用原始的雕刻方式，刻下了简单形象的舞蹈、狩猎图案，形象地记录了当时生活在这里的人们，欢快跳舞及狩猎的生活场景。岩壁上一个个生动有趣的野生动物形象：野牦牛、马、骆驼、羚羊、狗、狐狸、雪豹等，笔法简练生动，体现了人与动物之间的和谐关系。

　　远古人的动物崇拜反映到且末人的现实生活中是动物模拟舞。从扎滚鲁克古墓出土的3 000年前的织物上，凶猛的老虎在古代的织锦上栩栩如生。塔里木盆地曾经有一种凶猛的老虎，人们称之为"新疆虎"。据说在

罗布泊古老的氏族部落中，人们以给心爱的女人献虎皮为荣。在100多年前的且末阿羌牧区，人们曾经看到了这种老虎，随着环境的恶化，新疆虎消失了。民间流传的"老虎舞"是对新疆虎的各种动作及生活方式的模仿，渴望能像老虎一样威猛，也许在战胜老虎意念的推动下，"老虎舞"逐渐在民间形成、发展。

　　《旧唐书》等史籍中记载过当时生活在塔里木盆地的人们表演动物模拟舞的相关内容。可见，当地人认为老虎是兽中之王，是凶悍、勇猛的象征。模仿老虎动作表演，最初是通过舞蹈进行较量，后来渐渐演变为取乐、游戏的节目。千百年来，"老虎舞"一直是由民间艺人代代相

新疆虎

传的传统保留舞蹈。

"老虎舞"传承人努尔·艾则孜已是白发苍苍的精瘦老人。目前，且末县只有这位80多岁的老艺人能跳完整的"老虎舞"，传承人几乎断代，后继乏人。演出"老虎舞"的时候，他穿着虎纹服饰，先走入席地而坐的围观观众中，随着都塔尔弹奏者的"上台我的老虎"的指令登上舞台，伴着都塔尔演奏的音乐，踏着节奏舞蹈，在地上模仿老虎的样子爬来爬去，故意吓唬人；按照民间艺人的"鱼似地跳着，我的老虎""羔羊似地跳着，我的老虎""兔子似地跳着，我的老虎"等指令，幽默诙谐地模仿鱼、羔羊、兔子等动物的动作舞蹈。观众席中不时发出欢快的笑声，快结束的时候，老虎显得口渴的样子四处找水喝，围观的观众给老虎一点水，喝完水了的老虎突然提起一只脚，模仿撒尿动作，引得人哈哈大笑，老虎憨态可掬地下场了。"老虎舞"是人们用夸张幽默的艺术手法与比自己强大的自然力量斗争和征服野蛮动物自然力的产物，充满了民间的智慧和维吾尔人幽默乐观的性格特点。

除了歌舞，我们还饶有兴趣地观看了双人舞表演、葫芦舞、民间游戏和小品。那些来自深山大漠的人们，在舞台上充分地展示着自己的表演天赋。虽然多是自娱自乐，却有着直抵人心的艺术感染力；虽然出自民间，却证实了艺术来源于生活又高于生活的艺术真谛。

窗外的风沙微息，而室内的麦西莱浦已经迈开了欢乐的曲步，热烈的人群、沸腾的海洋，没有人能够拒绝。只要活着就要纵情高唱，只要快乐就要尽兴跳舞。那美妙的音乐和节奏如同潮涌般一阵阵拂过，掀起了一浪浪愉悦的激情。

人欢马叫逛巴扎

逛完和田玉巴扎，不由自主地拐向旁边人声鼎沸、烟雾缭绕的和田大巴扎。巴扎一词来源于波斯语，是"集市"的意思，但在实际的生活中，巴扎的内涵极为丰富，已经超越了"集市"的限定，成为世俗世界的概述和生活乐趣的象征。每个星期五是穆斯林的礼拜日，维吾尔族的男女老少趁这个日子上街赶集，就叫赶巴扎。

赶巴扎是一个古老而美好的习俗，远在一千多年前，赶巴扎就成了人们生活中的一部分。在这里除了有令人垂涎的美食、新鲜的货品，还能会见熟人和朋友。有人总结说：巴扎是手艺人的舞台，美食的盛宴，新闻和小道消息的发源地以及恋人的约会地。巴扎总是带着食物热腾腾的香气和

巴扎绘图

五光十色的色彩，让人不由自主地聚集在一起。这块巨大的磁场，吸引着男女老少从四面八方源源不断地赶来，我也是其中的一个。

巴扎旁停靠着不同的行路工具，四轮驴车一般是老人喜欢的代步工具，跟了一辈子的牲畜，它的脾气主人了解，主人的意图它也明白。很多老乡天还没亮的时候就出发，到巴扎的时候已经天光大亮，从驴车上跳下来，掸掸灰土，给驴子喂些草犒劳，即开始了新的一天。这样的毛驴套车在几十年前是比较富裕的维吾尔族人赶巴扎用的。毛驴车比一般的马车略小，敞式无棚，平时运粮、运柴、运肥，赶巴扎时，一家五六口人全坐在上面，"快驴加鞭"，大声唱着歌快乐地向着巴扎奔去。

有骑着自行车赶巴扎的，还有开着手扶拖拉机的。趾高气扬的摩托车嘀嘀鸣叫着从你身边驶过，还有亮闪闪的小轿车，它们和驴车、摩托车、拖拉机一起步入巴扎。当然一定还有徒步而来赶巴扎的，早年经常可以看到赤脚背靴往城里赶巴扎的老乡，他们舍不得穿长筒皮靴子，许多人打着赤脚度过一生，只有赶巴扎时，到了巴扎外才穿上自己的靴子，来显示他们应有的尊严。

远远望去，巴扎人流攒动。巴扎旁边永远有一座清真寺，穹顶上闪着俯视众生的新月。清真寺旁停着一辆小货车，走近一看居然是一车热气腾腾的粽子，包着花头巾的维吾尔族妇女向我和善地笑着。此时不是端午时节，江南一带都把纪念屈原的粽子收起来了，我却在沙漠边缘的绿洲看到了粽子。当地画家孙冀说："粽子在内地只有端午时节吃，而在和田，一年四季都有。"我们坐

香甜的粽子

在一个小吃摊上，看着包花头巾的女子，一边麻利地解开粽叶，一边用一只木板在剥开的粽子上一压，她像变戏法一样地先在碗里浇一勺酸奶，又加一勺金棕色的糖稀，还加一勺用蜂蜜炮制的木瓜块儿。吃到嘴里甜而不腻，酸甜适宜，口感绝美。这独特的吃法引发了我的好奇，内地的粽子是用蓼叶包的，以四角形居多，里面放有红枣、豆类或肉类等。而和田的粽子是用芦苇叶包成三角状，除了糯米里面很少加其他的东西。据说粽子原本是西域和田的产物，是通过丝绸之路传到中原去的。

孜然烤肉的香味和着迷烟飘散而来，架在红红火炭上的铁签子烤羊肉喷香扑鼻，卖烤肉的小伙子在烟熏火燎中撒着红的辣面子、白的盐、褐色的孜然粉。一眼望去，前面的巴扎都是小吃，晶莹剔透的凉粉、凉皮，撒上红的辣皮子、绿的香菜，拌上醋汁和调料，是女人们的最爱。米肠子、面肺子是巴扎上最可口的小吃，来一碗吧，这种将米和面灌在羊肠子和肺子里的新鲜吃法，风味独特。

　　加工了一早晨的烤全羊在中午的时候被热气腾腾地推上木架，香味扑鼻、外焦里嫩，已有人在此等候多时了。这是新疆最为名贵的菜肴之一，一只地道的烤全羊可以卖到千元以上的价格。椭圆形的烤包子，金黄透亮，跟在我身后的小巴郎手里拿着的就是烤包子，一边吃一边笑眯眯地看着我。

　　那种焦黄的切成月牙形的南瓜是刚烤出来的，这不，一端出来，一只只手争先恐后地就把铁盘子拿空了。鸡蛋也可以烤着吃，没见过吧？鸽子蛋、鹌鹑蛋、鸡蛋、鸭蛋、鹅蛋……大大小小的蛋埋在木炭里，最大的是一只鸵鸟蛋。围着热烘烘的烤炉，剥开皮，蘸些盐和孜然味道真是独特。

新疆烤馕

　　热烘烘的馕坑一走近即倍感温暖，看那打馕的主妇表情虔诚地跪坐在馕坑之上，悉心侍弄着这精贵的食物。和田的馕和其他地区的略有不同，种类丰富，有的是玉米面制成的，有的还掺有洋葱条、南瓜条、肥羊肉丁等，闻着就有一股天然的清香。那些在馕坑旁绽开笑脸的孩子，馕将伴随着他们长大，甚至老去。递一个馕给几个月的婴儿，笑容可掬的父亲怀抱着婴孩，他还没学会走路，就会用稚嫩的小手拼尽力气地抓向他的世界，馕既是地球的形状，也是世界的开始。

　　老人和孩子围坐在简朴的桌椅边吃饭，头戴黑色帽子的老人听着巴扎的喧闹声，俯身低头喝着一碗热热的药茶，半块馕放在桌上。和田药茶是美食中不可或缺的一部分，根据不同季节、不同人的特性而配置，有热性茶、双益茶，不同的原料调制出不同的功效和味道。我在和田用餐时喝的每一道药茶都滋味不同，有的可以尝出有茴香、肉桂、丁香的味道，还有的带着玫瑰、黑胡椒的味道。这药茶需用沸水冲泡，在你吃完羊肉之后喝上这么一口，解油解腻。

一嘟噜一嘟噜的葡萄闪着七彩光泽，衬着绿色的心形叶片摆放在柳条筐里，穿坎肩的小伙子向我们眨眨眼睛，并不过分推销，一切让葡萄说话吧。黄澄澄的南疆木瓜上面沾满了灰土，这种沙土中生长的果实和南方的木瓜

巴扎街景

有着完全不同的外形和味道，却是维吾尔人用以佐餐的美味，木瓜放在抓饭里，放在糖稀粽子里，别有一番滋味。走过绿皮红瓤的西瓜摊，清凉的气味直扑鼻息，我不由自主地停下来，在冬天的街头能尝上一牙儿西瓜，沁凉沙甜的滋味比冰镇西瓜还好吃。还有黄澄澄的甜瓜，如果吃完甜瓜再吃西瓜，自然就觉得没滋味了。

盘拉条子的器具

白纱巾半遮面的中年妇女专心致志地坐在一堆红艳艳的辣椒和圆鼓鼓的土豆中间，成堆的西红柿饱含着炽烈的阳光成熟了。硕大的白菜，饱满的大葱，编成辫子的白色大蒜，虎头虎脑的圆头椒，形如圆鼓的南瓜，嫩叶中的恰玛古（也叫蔓菁，是一种出产于当地的蔬菜）……翠绿、油绿、姜黄、凝白、火红、金黄、橙黄、茄紫、赭石、熟褐……这是一个鲜色夺人的菜市巴扎。

红衣少妇手里握着一棵新鲜欲滴的白菜，向她的孩子和丈夫走去。面貌和善的中年妇女手里捏着一枚鸡蛋，坐在一堆光滑圆润的鸡蛋后面，还来不及向我招呼，口袋里的手机响了，她用维吾尔语接起一个电话。成块的冰糖像一串串冰雕，晶莹剔透地摆在四轮马车上，迎接着一批又一批走过它的人们。

花花绿绿的儿童棉裤摆在地摊上，在内地都市的街头是见不到的，小孩子穿上这样的棉裤一定会很暖和地过冬。一车子油光锃亮的皮鞋，好像都是一个模样，据说这种手工套鞋结实得很，穿不烂的。日常用品琳琅满目，卖的人悠闲，逛的人惬意。

摄影家高方勇拿起一个圆形的木盆问我，"知道这是干什么的吗？"

摇篮导尿管

木盆见得多了,而这椭圆形的木盆中间还有一个圆形。我摇摇头,高方勇说:"这是吃拉条子盘面用的。"在餐馆经常吃到的拌面拉条子总是做得那么劲道、细腻,而自己在家如法炮制的却粗细不均,原来是缺这个盘面的工具。孙冀举起一个形如烟斗的木头管子,问我:"猜猜看,这是干什么用的?"接过来一看,做工精细的木管上端隆起一个弧形的凹槽,"烟斗?头饰?"我疑惑地猜了很多自己也觉得不着边际的答案。"呵呵……"浓眉朗目的摊主指着一个木质的婴儿摇床,"知道这是干什么的吧?""摇床。""这个和摇床有关。"他晃了晃手里的木管,这更让我不知所以了,他笑嘻嘻地说:"这个叫摇篮尿管,是维吾尔族婴儿用的,根据生理构造男婴和女婴的器具也不同,在摇床上垫一层沙土再把这个导尿管固定在婴儿的身下,婴儿的尿顺着导管流到摇床外,可以始终保持着婴儿小屁股干燥,不长褥疮,比现在的尿不湿还科学。"

作家陈琳拿起一根木棒,带着狡黠的笑问我:"再猜猜这是干什么的?"大约七八公分长的一根褐色木棍,一端露出里面的木头纤维。这次我可不敢再轻易下结论了,翻来覆去地看,也没找出它的破绽,"不会是木笔吧?"

木制牙刷

我想起了在沙漠边缘发现的千年木简上那些字迹和在楼兰故城发现的木笔。"呵呵……"摊主用这个木棍做了一个刷牙的动作,"天,居然是牙刷!"这种用一种芳香植物枝条制成的牙刷被当地人称为"密丝瓦克",主产在巴基斯坦,据说是释迦牟尼在讲经时发现弟子有口臭,要求他们用这种印楝树枝条刷牙,用这种植物刷牙不仅显得牙齿洁白而且能消除口臭。德国探险家雅林19世纪在吐鲁番地区考古探险时,发现当地的维吾尔人也使用此物。

如同走进了大观园，我在和田巴扎上好奇地东瞅瞅西看看，做月饼的木头模具上压着古朴的花纹，木头纺车上还缠绕着一缕丝线。摆放经书的雕花木架可折叠，还有一个个憨态可掬的葫芦，被绘上精美的花纹图案……

糕点模具

抱在手里的婴孩生动鲜活，是母亲向世人炫耀的成果，那双乌溜溜的大眼睛仿佛要把眼前的一切都记录下来，还这么小就开始被母亲带着逛巴扎了。戴着花头巾的妇女层层包裹着只露出深眉美目和鼻梁高挺处的一寸凝白肌肤，她坐在正午的阳光下，一颗颗球形的薄皮核桃在她眼前摊开。戴着皮帽子、留着美须长髯的老人背着手悠然地东张西望，贪婪地吮吸着这醉人的市井气息，有的会停下来凝神并饶有兴趣地打量你，褐色的面庞像一朵绽开的菊花，深刻的皱痕、银白的发须，他们脸上并无市井污浊之气和沧桑失落之感，相反却显得怡然自得、明朗宽容。有的当街遇到了老相识，就走上前去热情地寒暄着。

我曾去过乌鲁木齐国际大巴扎、喀什巴扎和库车巴扎，还有南疆大地一些大大小小的恰巧在我的游历漫行中碰到的巴扎。城市的巴扎，热闹繁华带有明显的人工雕琢之气，乌鲁木齐大巴扎里的小商贩可以用几种不同的外语招徕生意，笑得灿烂而市侩，热情让人生疑。而和田的巴扎，却是民间百姓的即兴之作。维吾尔人生性豪爽开朗，喜欢热闹和聚会，哪里人多哪里就热闹，哪里就会有巴扎。巴扎就是这样诞生在维吾尔人中间，只要有一块地方，铺上毯子即可摆上新鲜的蔬菜、刚出窝的鸡蛋、热乎乎的馕、自己手工做的衣服鞋帽……不在乎什么设施。他们在巴扎中交换着各自的果实、物品和欢乐，换取着自己的所需。巴扎在人声鼎沸中拉开盛大的帷幕，又在人们心满意足、恋恋不舍中息市，刚才热闹的巴扎被太阳一起带走了。

这个巴扎淳朴简单，让陌生人没有生疏之感，任何一个人来到这里都会感到愉快。果实丰美光亮、菜蔬饱满鲜泽，孩子童真欢快、老人和善健康，男人坚实勤劳、女人妩媚端庄，而这一切均在不自知的情形之下自然而然地发生着。驴子和马行走在自己的蹄印中年复一年，巴扎在日升日落中每天常新。

玉龙喀什河的踩玉之旅

来到和田，最吸引人的是被神话了的和田玉。这里随处可见的是石头，县城与县城之间会以一块巨大的玉石为标界，宾馆饭店门口会立一块镇店之宝的石头，有的店铺连牌匾都是用油润水亮的青花玉做的，更别说男人腰间别的玉佩腰牌，女人手腕上的玉镯手链，脖子上的挂件。玉无处不在，在这座沙漠边缘的古都仿佛是绿洲的灵魂。在和田，你不了解和田玉，就像一直在门外徘徊始终进入不了真正的和田一样。

这传奇而疯狂的石头，如同和田的神经内核，渗透在和田绿洲的不同领域。如果你对和田玉只是略知一二，那么和田玉就是一部百科全书，这石头汇聚着人文、地理、历史、民俗的总和，其中的故事和看点一天一夜也说不完。

"玉都"石

喀什河

世人皆知"玉出昆冈"，那些在古籍文献中记载的和田玉，在历史烟云的掩映下更显得扑朔迷离。在丝绸之路开通之前，从西域到中原，就有着一条路，以运送玉石的方式贯通东西方。

五代时期的平居诲在《于阗国行程记》写道："玉河在于阗城外，其源出昆山，西流一千三百里至于阗界牛头山乃疏为三河，一曰白玉河，在城东三十里；二曰绿玉河，在城西二十里；三曰乌玉河，在绿玉河西七里。其源虽一，而其玉随地而变，故其色不同。每岁五六月大水暴涨，则玉随流而至，玉之多寡由水之大小。七八月水退乃可取，彼人谓之捞玉。其国之法，官未采玉，禁人辄至河滨者。故其国中器用服饰往往用玉。今中国所有，多自彼来耳。"

在和田有两条同时出自昆仑山的大河，古往今来，这两条河一直都是和田玉特别是籽玉的产地。一条是喀拉喀什河，在此河中捞取的玉石多为黑色，史称墨玉河。另一条是玉龙喀什河，从河中冲刷滚落的石头是白色，色质雪白、晶莹剔透的玉石被视为白玉籽玉中最好的品种，产出十分稀少，极其名贵。这条河就是传说中的白玉河，是和田玉的主产地。《新唐书》描述道："有玉河，国人夜视月光盛处必得美玉。"

一、玉石巴扎

来到和田最先安排的就是去玉龙喀什河捡玉，听着就令人两眼发光。玉龙喀什河桥头即在和田市的东侧，从市区出发不出几分钟就看见一座其貌不扬的桥，通往远处的白杨绿荫。当地的朋友说："这就是玉龙喀什河。"我却怎么也无法将传说中价值连城、神乎其神的和田玉与眼前这条灰蒙蒙的干河床联系在一起。河床几乎没有水的痕迹，在微明的晨曦中，河床显得疲惫而苍凉，如同一个整夜未眠、忧心忡忡的老人。

玉石摊

玉龙喀什的维吾尔语释意为"白玉"之意，因玉龙喀什河在和田市的东部，太阳升起时最先照亮其岸而得名。很多有经验的游客都会选择将玉龙喀什河看日出和采玉活动放在清晨，因为和田中午的阳光哪怕是十月的天气也依然暴烈，干涸的河床没有一处可以庇荫的地方。

此时，太阳从一抹遥遥地平线中涌出，远远的河床闪着亮晶晶的光斑，一条窄窄的小溪流与偌大的河床极不成比例地呈现在眼前。河床里已经有了三三两两的人群，有的在石块中低头翻捡着玉石，宛如嵌在灰土中移动的石块。几排车停在干河床上，同行的司机说现在这里也成了二手车交易市场。

河床两岸的土台上，一侧是低矮的土坯房，我曾来过这里，土坯巷中停着豪华轿车，土坯房里正热火朝天地加工着玉石。数不尽的玉石在这里等待着梳妆打扮，之后开始它们的旅程，流落在不同人的手中，产生不同的用处，成色不同标价自然不同，这玉石的命运如同人的命运一样千奇百怪。

河床的另一侧是人头攒动的玉石巴扎。石头，大大小小的石头，摆满了货架和玻璃橱柜，店前的台地上随处可见的都是石头，成堆成筐成麻袋的石头。摆在玻璃橱柜的玉石在灯光的照耀下显得晶莹夺目、扰人眼球，各种形状的奇石令人眼花缭乱。热情的店主会主动向你展示他的宝物，被海娜花儿染红手指的女老板一笑，满嘴的金牙和耳坠上的金项链晃得人眼晕。她用流利的汉语招呼着我们："喂，朋友，上好的和田玉，带一块回去嘛，辟邪驱灾保平安。"

日头渐高，玉石巴扎的人越来越多，黑压压的人群成堆地聚集在一起。我好奇地上前观看，只见一个头戴黑色皮帽子的中年男子掌心摊着一块石头，周围的人在观看询问着，大家各抒己见。原来他们正在用自己的方式做玉石交易。三两成群围坐在一起的老乡看似拉着家常，而我注意到他们每人手里都反复摩挲把玩着一块或者几块石头。一笑眼角都是鱼尾纹的美须长髯中年男子向我示意，并用手中的一块石头放在脸颊上摩擦着。同行的向导说："他在告诉你玉能养颜。"

此时的桥头，显得热闹非凡。拖拉机、摩托、三轮车、驴车、破旧的夏利车，还有呼啸而过的越野车，都奔向这里。三轮车上的十几个小伙子大声地唱着歌，快乐的样子像是去赶巴扎。赶毛驴车的长胡子老爷爷抡起鞭子，小毛驴撒开蹄子，"嘚嘚嘚"的蹄声欢快地踏在水泥桥面。河床里已经密密匝匝地到处都是人，男人、女人、老人、孩子，几乎每个人的手里都有工具：镘头、十字镐、铁锹、铁钩……挖掘机、推土机、铲车发出骇人的声响，举起利爪一次次伸向干瘪的河床。烟尘四起，这个位于城郊的喧嚣河道与和田市区的安静形成了鲜明的对比。

据说在玉龙喀什河河床范围内，最多的时候每天有5万多人参与挖玉，人和机械各据一方对着河床进行采挖。当地人说："一到周末，几乎所有的上班族都涌向了河坝，不为别的，只为能寻得一块和田玉。"和田人不管卖不卖玉，自己都会有那么一两块好石头留着，仿佛有了和田玉当家底，底气显得更足。

二、玉龙喀什河寻玉

我从玉石巴扎的人流中走到玉龙喀什河的河床，一群七八岁的维吾尔族孩子围了上来，变戏法似的在手心摊开一两枚乳白透亮的小石头，大小如钮扣、杏核，形状不规则，说："要不要？真正的和田籽玉，就在这个河坝里挖的。"其中一位皮肤微黑、大眼睛的小男孩扯着我，向远处指了指。

和田玉

我在玉龙喀什河的河床上漫无边际地走着，到处都是卵形的石头，大大小小，然而哪一块才是传说中的和田玉呢？进入玉龙喀什河就能捡到玉石，并非人人都有这样的运气。据说很多捡玉人都有这样的心态：能否捡到玉石就看运气了，碰上了，就发财了，碰不上，那是真主不给你运气。

虽说冬天不是捡玉挖玉的好季节，然而冬日的和田天气晴朗，气候温和，河床所见之处到处都是扛着铁锹、十字镐的采玉人。有的携家带口、三两成群；一些人在卵石裸露的河床上来回寻找，不时地弯下腰，拣起一块石子，摸了摸，然后随手扔掉，这个动作让我蓦然想到人和石头的相遇就是人和人的际遇——这就是你和石头的一份机缘。石堆里一个衣着褴褛的男子正闷着头抡着砍头曼在深坑里猛刨，不远处一位挖玉人紧握一把十字镐，浓眉凝神片刻后，猛地垂直砸下来，沙砾四溅。过会儿蹲在土坑里，用手在沙砾中细细翻找着。

据说，一场洪水下来，会给沿岸冲刷下很多的玉石。沿岸的人们避过急流站在浅滩，站在水里"踩玉"，经河水冲击，在河床中反复磨滚而逐渐剥离杂质的玉石显得圆润光滑，与一般石头的触感有着本质的区别，有经验的采玉人凭着脚底敏锐的感觉即可踩出一块玉石来，踩到一块玉石的狂喜，可以赶走所有的疲惫和艰辛。

"哗啦——"铲车将挖起的沙石倾倒在沙地上，所有人的眼睛都盯着倾泻而下的沙石，期待的眼神交织成密网，过滤筛选着每一块石头，期待着哪怕是一粒米粒大小的玉石。

一头浓发的中年男子穿着黑胶鞋，手拿皮管站在齐腰深的坑道里，正对着挖出的坑洞冲刷着，抬头看见我，嘿嘿一笑。我问他在干什么呢，他憨憨地对我说："找玉石。""能找到吗？"他依然用生硬的汉语说："原来嘛，有。现在，少得很。"这时，旁边来一个浓密眉毛连成一线的男子，向我伸出掌心，问："和田玉，看一下啊。"掌心粗大的纹路衬着一块晶莹剔透的石头，可是同行的陈琳拿过石头对着太阳光一看，摇摇头说："好的，拿来看嘛，这个不是和田玉。"那男子看遇到了行家，忙又掏出两块石头，石头虽然不如他原来的那块巴基斯坦玉好看白净，不规则的形状带着褐红色的糖皮。"这个好东西。"他示意我们看，又从口袋里掏出好几块石头。

他很健谈，汉语说得比较流利，在交谈中一双骨碌碌的大眼睛显得很聪颖。他叫多里昆江，是玉龙喀什河边玉龙喀什镇达瓦巴扎村的村民，爷爷的爷爷就在这河边捡玉。他小的时候并不知道玉石能卖钱，洪水过后，就像过节一般地到河坝里玩儿。捡到的白石头，用来玩游戏，砸核桃，有的还用作院墙下的基石。初中毕业后去学开车，当了一名中巴车司机，起早贪黑、披星戴月地艰难养家。在一次意外中不慎把人撞了，家里人很担心，就不让他再干这个危险的职业了。可是不开车能干什么呢？家里三个娃娃，老婆没工作，他是家里的顶梁柱，于是他用所有的积蓄开了一家修理铺，修理铺的工作又脏又累，一年忙到头也赚不上什么钱。后来，同村率先做起玉石生意的人突然暴富，在一位皮鞋锃亮的同乡去他那儿修理桑塔纳轿车的时候，看着满身油污的多里昆江说："干这个很简单，比修车简单多了。"于是，多里昆江就开始跟着同乡干起了玉石生意。

多里昆江说："2005年之前，河里的玉石很多，在这儿能找到好石头。可是之后，大家都知道玉石赚钱，都来挖，现在一天忙到晚，有时什么都挖不上。"我问他是如何学会鉴别玉石的，有没有看走眼过。"刚开始当然有受骗上当的时候，因为不懂嘛，现在，一个米粒大小的和田玉只要在河床中出现，我都能看见。"他不无自豪地说，并指着远处停车场："我的比亚迪停在那儿，老婆子高兴得很。"

告别多里昆江的时候，他已经陪我聊了一上午。我举起镜头要给他留张照片，面对镜头他却显得有些拘谨。当我准备上车的时候，他突然在人群中冒出来，手里捏了一块指甲盖大小的石头说："这个，送给你。"看着我不解的样子，他结结巴巴地说："这个，是你刚才站的地方，我捡到的，给你作纪念，是真的。"小权拿到手里看了看说："这个还真是一块和田玉，就是太小了。"这更让我惊讶，我也有些结结巴巴地说："这个，给你多少钱？"多里昆江的大眼睛眨了眨，说："不要钱，给你的。"一时间我不知道该说什么好，小权说："当地的维吾尔族老乡非常淳朴，他们对感情的表达很直接，这块石头不是多么好，却是真家伙，现在真的和田玉越来越少了，你就收着做纪念吧。"

"热合买提！"我用刚学会的维吾尔语致谢，并用手放在胸口，他也回礼。烈日熔金，在玉龙喀什河的桥头，我看到他黝黑的肌肤，一双幽深黑亮的大眼睛。

三、玉龙喀什河的总闸口

从玉龙喀什河桥头出发，直奔玉龙喀什河的总闸口，总闸口的玉石巴扎虽然很简陋，却有着令人窒息的人群，黑压压的一片将浓烈的阳光压在影子下。那些头戴皮帽子的人们看到你，一个个神秘地伸出掌心，掏出一块石头，问你要不要。车子继续向前开，我们沿玉龙喀什河逆流而上，河床上随处可见翻挖造成的沙石堆和坑洞，浅浅的河水在土台下流转，偌大的河床只有一弯窄窄的溪流孤单无助地穿行在土洼中。

河床中依然有人在土堆中刨捡，摩托车停在路边，成麻袋的玉石从这里运到批发市场、卖玉人手里，进入加工作坊、店铺、城市，有的进入北京、上海、深圳、香港甚至国外。和田玉使得一些穷小子暴富，一夜之间改变了命运，于是很多人都跃跃欲试，想尝试一下这个无须太多技术和知识含量又充满了暴利的行业。

交易玉石的人群和市场

据说一些内地老板来到和田，买下河道，购置大型机械，雇用工人，开始了和田玉的机械化采挖。目前由于过度采挖，山洪冲下的玉石根本没有形成籽玉的时间，和田籽玉的绝迹已成为不争的事实。

玉龙喀什河的源头在昆仑山卡尼拉克河的源头，最低海拔 5 600 米。整个山顶几乎被厚厚的冰层覆盖，其下就是珍贵的和田玉原生玉矿。黑山地区是籽玉发源地，虽然开采难度极大，可是仍有人铤而走险。高海拔的采矿无疑让生命受到了极限挑战，仿佛一脚在天堂，一脚在地狱。

古时，玉作为贡品，严格管制开采运输的每一环节。采玉时必须有官吏亲临现场，两岸有兵卒把守，官采之后方允许民采。采山玉时，先在玉矿下燃火，待玉石炽热，以水浇淋，玉矿因热胀冷缩而崩裂，即可采玉。运玉在古代主要靠牲畜驮运，为保证途中玉石不受损坏，须用鲜牛皮或驴皮将玉石包裹起来。官府查验玉石时，往往要看玉石表面是否有血丝存在。采得大块玉石的时候，要在冬季修路泼水，使路面结冰，将大块玉石拉推运至大道后装车，马拉人推，穿戈壁越沙漠，翻崇山涉河流，运至中原，可谓千里迢迢，历尽千辛万苦。

四、空山采玉人

我们要去的是玉龙喀什河的中游地段。被高高的白杨和绿荫中的农舍引领，进入了由远及近的大山，一条路通向皱褶纵横的山峦，河床渐渐缩小，河水清亮亮地回旋在越来越深的峡谷之中，两旁的山如同刀劈过一般棱角分明。越过盘山公路的一个个S弯道，海拔渐渐升高。山间的阳光显得更加明亮而炽烈，风从峡谷深处吹来，裹挟着雪山的寒气。大大小小的石头躺在寂静的山谷中，路通往无尽的远方，远方在云雾缭绕的山间。路旁停着一辆大卡车，装满了煤，车上几个维吾尔族老乡正在卸煤。

突然，我看到河谷沿岸有几座简易的帐篷，就让布亚乡中学的阿不力克木老师停车。车停在路边，

我打算去看看这些岸边的采玉人。虽然看到的帐篷距河谷不远，可是要真正下到那儿却不是一件容易的事。河岸陡峭，除了石头就是虚土，一脚踩下去，裤管沾满了灰色的尘土，我跌跌撞撞地冲下一个大坡，前方还有一个落差近十几米的陡坡。简易帐篷建在一处较为平坦的坡地上，这个位置距谷底至少还有二十多米的落差。我在帐篷外喊：“喂，老乡。”哗啦的水声从谷底传来，还有翻捡石头的声音，可是帐篷里没有回音。

峡谷中采玉的工人

掀开门帘一看，帐篷里窄小的空间凌乱不堪，不到六平方的帐篷里面架着土炕，土炕上还铺着花毯，铁皮炉子里煤火未熄，锅碗瓢盆一应俱全。帐篷外面堆放着煤炭和木块，还有一个装水的塑料大桶。

“喂，老乡。”阿不力克木冲着谷底大声喊着。除了听到的翻捡石头声和水流声，估计河谷下的人听不见我们的呼喊声。谷底的路更为陡峭艰险，由于没有找到下去的路，我们没有贸然前行，只好返回。在路上遇到了几个卸煤的小伙子，其中一个戴帽子的看到我们，问我们是不是要回和田市。吾尔古丽说一会就走，小伙子显得很惊喜，问：“我可以搭你们的便车吗？”我让吾尔古丽帮忙翻译问他在这里做什么？那小伙子却用流利的带着京腔的汉语对我说：“我哥哥在这儿挖玉，我从单位请假来看他们的，今天必须得回去了。”

这个叫阿不都拉的维吾尔族小伙子称自己是和田策勒人，从策勒县古勒哈马中学考上南京的内高班，又考上重庆大学土木工程专业，现在在于田县工作。他的哥哥是策勒农民，冬天没有农活就到河坝里挖石头，想试试自己的运气，看能不能发大财。

我问阿不都拉这里能挖到玉吗？他摇摇头说："这里石头多得很，玉石找不到。玉龙喀什河就像一头乳房干瘪的奶牛，已经没有乳汁可以挤了。"他的哥哥已经在这儿住了几个月了，每隔半月回一次家，取些生活用品和物资再上来。这里的生活条件很艰苦，到河里打水至少要用半个小时的时间，等把一桶水提到帐篷那儿，晃晃荡荡地只剩下半桶水了。蔬菜的缺乏导致伙食非常简单，中午一般都吃不上热乎饭，有时喝点水啃几口干馕就过去了。现在河床严禁使用机械挖掘机，这个重体力活只能用铁铲、砍头曼挖，用手刨，寻找玉石完全是靠手工。

山间早晚温差大，早晚穿皮袄还觉得冷飕飕，午后烈日的紫外线极强，白天和夜晚的温度相差二十多度。天气阴晴不定，一会儿阳光四射，一会儿又雪花飞舞。山间没有手机信号，更别说其他的娱乐了。许多人满怀憧憬、信心十足地来了，只在这里待了十几天就垂头丧气地下山了。挖玉人普遍存在着一种赌博心理，他们赌的只是三顿饭和自己的身体。

挖玉人从不同的地方来，操着南腔北调成群结队，在玉龙喀什河中游沿岸，在河谷阶地、浅滩及古河道的砾石层中寻挖玉石。由于这些地方的玉是由流水带来的，砾石层之上有或多或少的沙石覆盖，有的已被石膏和泥沙胶结成半胶结状，须用铁锹、十字镐等利器辅助。这个重体力的活儿，除了忍受劳累疾苦之外，还得给自己不断打气。挖累的时候，大家会蹲在洼地里晒太阳，说说挖玉的事。身边还没有出现挖玉暴富的范例，却不断地听说一夜暴富的神话，那些故事刺激着耳膜，激荡着内心，使得挖玉人一次次地挑战着自己心理和身体的双重极限。他们将寂寞孤独化作动力，将举起的砍头曼一次次砸向河床。

阿不都拉快速地冲下河谷中的帐篷，不出几分钟，一个洗尽脸上煤灰、背着双肩包、穿牛仔裤的小伙子判若两人地出现在我们面前。太阳已经西斜，风愈加寒凉，我回头望着雾霭层层的山峦和深不见底的河谷，不知道这沿岸还有多少寂寞的挖玉人。

沿河而下，一路上从河坝里三三两两爬出的人们，有的跨上摩托车，有的扛着锄头走在路边。身穿黑色棉衣、头戴皮帽子的背影，衬着白杨树干枯的树叶，一天的疲惫在夕阳的余晖中变成了回家的渴望。

我问阿不都拉，哥哥在这里采玉利润怎样？"利润？"阿不都拉显得有些无奈，"对于挖玉人而言，根本不能用利润两字。挖和经商不一样。大部分的人是迫于生计，他们大多没有工作，没有稳定的经济来源，更多的人是一种无奈、期盼、辛酸甚至是无路可走的选择。"看着我惊讶的样子，他继续说："有时，挖出一块大一点的玉石，还得想方设法保密。找到适当的买家才可松口，因为各种敲诈和欺骗举不胜举。"

玉龙喀什河以诞生美玉而著称，殊不知深山里的采玉人是冒着生命的危险将一块块玉石，背驮着下山的。沿途是万丈悬崖，滔滔巨流，一不小心随时就有葬身谷底的可能。这条用双脚踩出的玉石之路，铺满了寂寞、期待、艰难和鲜血。

艰难造就了奇幻，在价值连城的背后隐藏着多少苦难和泪水，在吉祥如意的背后又隐含着多少欺诈与不测？那深山玉河里隐藏的美玉带着永恒的秘密，永远吸引和暗示着岸上的人，在刹那间崩溃，又在刹那间狂喜……在真假混淆的时代，什么才是和田玉原本的面貌？望着车窗外渐浓的暮色，玉龙喀什河渐渐沉没在无尽的雾霭中。

除了多里昆江送我的玉石，我没有捡拾过一块玉石。在离开和田的夜晚，总能清晰地听见玉龙喀什河的水流声和翻捡玉石的巨大声响。

神遇草原阿肯
——哈萨克族游吟诗人

也许是一种天启，当我第一次在草原上遇到阿肯的时候，注定我要在阿肯的歌声中迷失，踏上一条追溯寻访阿肯歌声的诗意之路。

神遇。阿肯！在草原上与阿肯的神遇，让我来到在书本中研读的草原丝绸之路。我的采访本中夹着一缕已经干黄的青草，那是我在阿勒泰可可塔勒草原倾听阿肯弹唱的时候，采集的浓烈草原气息。

在草原上遇到的每一个人，不管相识与否都以明媚的笑脸相逢，阿肯，这群游吟诗人，对待音乐艺术的本真态度及对待生活的豁达和乐观诱惑着我，一次次地引我步入草原，来到阿肯的身边。草原上每一个毡房里都有巨大的餐桌，香浓的奶茶、美酒以及香喷喷的手抓肉，琴声、歌声、笑声在如画的草原上如同一个永不醒来的美梦。在这里我和阿肯一见如故，他们身上与生俱来的艺术天赋、品格情操以及对艺术的执着，与我气息相投，很快就能与阿肯成为亲密的朋友、铁哥儿们、好姐妹。更值得一提的是我

阿勒泰可可塔勒草原

在草原上找到了一位可敬可爱的"妈妈",与巴提玛妈妈的情缘成了我一辈子的牵挂。

阿肯,是哈萨克族特殊的群体,他们诞生在草原,为草原歌唱,为自己歌唱。寻访阿肯之路,与草原丝绸之路不谋而合。阿勒泰草原自古以来就是草原丝绸之路的大通道,这片神奇的土地是诞生神话与传说的场所,是草原民族文化的故乡,是心怀天下、纵情高歌的民间艺人阿肯的诞生地。走在这样一条路上,有历史、神话、音乐、诗歌和朋友相伴。从夏到冬,我在阿勒泰草原走了八千多公里的绵延之路。

与草原阿肯合影

第一次见我的哈萨克族阿肯妈妈巴提玛,是在哈巴河的白桦林。午后的白桦林光影斑驳,枝干挺拔的白桦树上,似乎有着无数双眼睛期待着这次神遇。她带着腼腆的笑容,一袭紫色洒金花的头巾,紫色衣裙外罩黑色毛衫,清瘦的身体与这林间的白桦树有着相似的气质。我注意到她还穿着棕色的半高跟皮鞋,手里提着一个同色的小皮包。紫色、棕色,都是我喜爱的颜色,一见面就倍感亲切,我们之间没有丝毫的陌生感,很亲昵地就挽起了手。她的手温暖平和,让我蓦然想起了妈妈的手,不由自主地就握紧了。心有灵犀,她也很自然地说:你就像我的女儿一样。就这样,在遥远的哈巴河,我有了一位牵挂的亲人——我的巴提玛妈妈。

一、很想忘掉阿肯，却总是忘不掉

她的汉语表达不甚流畅，但并不影响我们的交流，只是为了说得更加流畅，她还是用母语回答了我的问题。我们坐在白桦林中的木墩上，此时傍晚的阳光如同一抹金色的桐油，使得巴提玛妈妈的面庞格外生动。她告诉我她已经69岁了，这让在场的所有人都非常惊奇，岁月虽然给她作了无情的容颜雕刻，却保留了她优雅从容的仪态。她有些腼腆地说，很想忘掉阿肯，却总是忘不掉，阿肯阿依特斯是流在血液里的，谁也带不走。

巴提玛·乌勒木汗的妈妈和舅妈是阿勒泰地区福海县远近闻名的阿肯，能歌善舞，记忆力惊人，舅妈一直活到101岁。小时候的巴提玛就爱唱爱跳，她最喜欢跟着妈妈和舅妈去参加婚礼，有时骑着马走很远很远的路，即使路途颠簸，可是每一次都让她兴奋不已。婚礼上除了美丽的新娘，妈妈和舅妈就成了耀眼的主角，她总是羡慕地看着她们在毡房里、在草甸上、在乌伦古湖边，弹着冬不拉，眼睛闪亮，纵情高唱，周围的牧民听得津津有味，如痴如醉，那就是她心中的女王！她在心里暗自下了决心，将来一定要像妈妈和舅妈一样，成为一个阿肯。她一边听，一边跟着学，而那些曲调、旋律像原本就长在她心里一样，有的只听一遍就学会了，再也忘不掉。

我的巴提玛妈妈

在阿肯的歌声和冬不拉的琴声中长大，亭亭玉立的巴提玛是远近闻名的美丽姑娘。和所有的阿肯一样，她的心思全部都在学习阿肯阿依特斯的技术上，渴望舞台，渴望掌声，渴望自己能在交流比赛中获得第一名。

每个阿肯都希望遇到好对手，能够提升自己的弹唱技巧和应变能力。和高手过招，自己也能慢慢地成为高手。让年轻的巴提玛最高兴的是和青河县著名阿肯胡尔曼别克的对唱，那时自己初出茅庐，而胡尔曼别克已经名声显赫。一般名气大的阿肯不太愿意与比自己水平低的阿肯对唱，但是胡尔曼别克例外，他对这个年轻但潜力十足的姑娘给予很高的评价。巴提玛妈妈拿出一张黑白照片，指着其中一个气质不凡的男子告诉我，这就是传说中的阿肯胡尔曼别克·再亭哈孜。

在一次阿肯阿依特斯的活动中，她遇到了一个特殊的对手。这个对手在一群阿肯中显得格外引人注目，他一袭蓝色中山装，一张汉人特征鲜明的面孔。在对唱中，她问道："你是个汉族人，怎么会阿肯阿依特斯这种哈萨克民间艺术？"

对方和道："我是红墩的居玛提·井元功，有汉人的骨头、哈萨克的肉。10岁的时候我就开始学习阿肯阿依特斯，我居住的红墩是各民族的大家庭。"

他们在一唱一和中增进了解，并且成为知音。井元功是阿勒泰市红墩镇的党委书记，据说祖上是汉人逃兵，1860年就来到了阿勒泰地区。他喜欢弹唱阿肯，能说一口流利的哈萨克语，和妻子郭桂英就是因为阿肯对唱而走到一起的。然而，令人遗憾的是，井元功第二年就因病去世了，他的老伴郭桂英用哈萨克族哭唱的方式举行葬礼。阿勒泰各个县市的阿肯得知这个消息都纷纷赶来送葬，阿肯们用歌声再送老朋友一程。巴提玛也从哈巴河赶来，哭着唱道：老井，你这个阿勒泰土生土长的人，你去世了，我们来安慰你的夫人。

她有点伤感地说：好多男阿肯都走了，女阿肯身体都结实得很，可是却没了对手。

二、边哭边唱，唱歌时最美

当巴提玛如愿以偿地弹起冬不拉，亮开歌喉唱起歌的时候，喧哗的人群都静止了，人们惊喜地听到了天籁般的声音，那个发出银铃般歌喉的女子自弹自唱，激情洋溢，美得晃人眼睛。人群中有一双眼睛热烈地追随着她，后来这个叫多斯肯的男子带她来到了哈巴河，成为她的丈夫。

好景不长。丈夫44岁时就去世了，丢下了36岁的她和5个未成年的孩子，最小的女儿阿孜古丽才5岁。家里的顶梁柱没了，所有的事情都要一个女人柔弱的肩膀承担。那时没有地，没有任何经济来源，看着可怜的孩子，万般无奈下她含泪要过饭，打过土块，砌过墙，放过羊，喂过牛，有时天不亮就去帮人挤牛奶。亲朋好友有时会给点面粉和清油，接济她们孤儿寡母。

累的时候，苦的时候，委屈的时候，没人帮忙也找不到倾诉对象的时候，她就大声唱歌排遣心中的烦恼。有时，独自赶一辆装满苞谷的马车，愈走愈黑的路，心急如焚，她惦念着家里还没吃饭的孩子，眼泪喷涌而出，绝望使她大声哭泣，继而又高声歌唱，就这样边哭边唱，连老马都听出了她的忧伤，在暮色中加快脚力，马不停蹄。唱完了，哭完了，心里觉得好受了，就擦干眼泪卸苞米，之后还得一路小跑地赶回家给孩子们做饭。

在如此艰难的情况下，只要有阿肯阿依特斯的活动，她一定会想方设法参加。她知道自己是女阿肯中最穷的一个，无法像其他女阿肯那样花枝招展、珠光宝气地登台亮相，她没钱买新衣服，甚至没钱买擦脸油，更不用说化妆品了。可是当她走上舞台弹唱的时候，自信随着歌声和冬不拉的琴声悄然而至，放开歌喉，花开浓艳，阳光灿烂，她觉得唱歌时的自己最美。

巴提玛妈妈早年曾经参加过三次阿肯阿依特斯大会，都获得了第一

年轻时的巴提玛

名。第一次奖励了一个包；第二次发了一个奖状；第三次奖励了一百元现金。巴提玛还清晰地记得那是1984年，伊犁哈萨克自治州成立三十周年的时候，她带着女儿参加活动，刚领上奖金，看见女儿的鞋子烂了，就去市场给孩子买了一双鞋，给邻居们买了几条花头巾。她说，一百块钱全部花完后，她便坐车回家继续打土块，盖房子。

从舞台上回到生活中，受人拥戴的女阿肯成为独自带着三个孩子自己动手和泥的劳动妇女。如果没有歌声和阿肯，生活对于巴提玛将是什么，谁也不敢猜测。

三、我是个文化人

巴提玛虽然没有上过几天学，可是她始终认为自己是个文化人。她说文化人就应该有文化人的样子，要起表率作用，要把快乐、健康的信息传播给老百姓。只要能唱，她就觉得很满足很快乐了。唱歌可以把所有苦难

和忧愁都忘了。对于音乐和文化的理解，这个老人没有高深的理论，却用朴素的哲学观，身体力行地实践着。

一起吃完晚饭，她邀请我去她家，我欣然答应，却因临时安排有事，只好告诉我的巴提玛妈妈明天一早去看她。第二天一早，我们来到了巴提玛妈妈家。这是一间只有45平方米的廉租房，一室一厅，空间虽然狭小，窗台上却摆满了绿色植物，且长得生机勃勃。她一边忙里忙外地给我们倒奶茶，一边说这是廉租房，一个月才5元钱的房费，现在和小女儿住在一起，

在巴提玛妈妈家看影集

新房子正在装修，大概十月份才能入住。她变戏法一般地拿出一桌子好吃的，示意我们尝尝她炸的包尔扎克（哈萨克族的风味小吃）。她拍拍我的手说："最难的时候都过去了，现在日子好过多了。"

最引人注目的是客厅墙上挂着一张黑白照片，很明显，照片上英姿飒爽骑马挥鞭的女子正是我的巴提玛妈妈，而另一个骑马奔驰的男人竟是当时新疆维吾尔自治区主席铁木尔·达瓦买提。这是典型的哈萨克民俗活动——姑娘追，他们在阿勒泰地区参加阿肯阿依特斯活动现场，摄影师拍下了这珍贵的瞬间。巴提玛妈妈用不甚流利的汉语说"追姑娘"，引得我们哈哈大笑。

她捧出影集，大多是些黑白老照片，年轻的巴提玛有着一双清澈动人的眼睛。在这本发黄的老相册里，自治区大领导及哈萨克族最有成就的阿肯都在其中，他们大多在阿肯阿依特斯的交流现场，或策马扬鞭，或激情

第二辑

101

弹唱，那意气风发的场景，那美好而辽阔的青春！沉甸甸的相册让在场所有的作家都对她肃然起敬，不炫耀不攀贵，不因与大领导、著名人士照相合影而沾沾自喜，四处张扬。那些曾在她生活中走过的，无论喜与悲，都那么自然地沉淀在她的举手投足间。我留意过，在人群的喧闹中她往往不言不语，一副沉静内敛的姿态，如同林间的白桦，处处显露着文人高雅清奇的风姿。

时间催我上路，我们拥抱告别，直到巴提玛妈妈的身影渐渐消失在模糊的车窗外。

在异乡，面对一张地图，那雄鸡尾部的一个圆点藏着我的牵挂。拨通电话，巴提玛妈妈一下子就听出我的声音，显得很惊喜。晚上即收到了阿孜古丽妹妹的微信，说她下班回家，巴提玛妈妈就迫不及待地告知她我来过电话了，并且让她发给我看家里迁居的图片，说在古尔邦节前她们就搬进了宽敞的新居。我看见一大家子人在装有水晶吊灯的新房子里吃饭，而我的巴提玛妈妈则坐在一旁的小凳上喝着奶茶，神情与在 45 平方米的廉租房里时一样沉静安详。

牵手巴提玛妈妈

异乡，此时正下着无边无际的蒙蒙细雨，不由自主地怀念起北方高远湛蓝的天空，那伴着激扬歌声直飞苍穹的翅膀，那欢歌笑语的草原、马匹、牛羊，还有我的亲人们。我的目光一再落在雄鸡尾部的一个叫哈巴河的圆点上，等待着下一次重逢。

第三辑

神游中亚

草原上的城市——比什凯克

比什凯克，天山牧场下的另一座城市。

虽然新疆与吉尔吉斯斯坦的距离只有一山之隔，但这座雄壮的天山却将南北牧场封固了。两千多年前，汉家丝绸从这里源源不断地输送流转，驼铃叮咚，马队逶迤；一千年前，玄奘曾经从天山深处的夏塔古道翻越天山，抵达热湖（即如今的伊塞克湖），转道去西天取经。一千五百多年前，年幼的诗人李白随父母从碎叶城一路向东进入中原；一千多年前，伊斯兰教东传，将新月标志插在了曾经佛光笼罩的伊塞克湖畔；近千年前，蒙古大军从这里一路狂飙，直奔欧洲。

抵达比什凯克，飞机降落在与北京时间不一样的时区地界，我将时针回拨两个小时。出发前的乌鲁木齐刚从晨雾中醒来，另一个被我惊醒的城市比什凯克同样睡眼蒙胧。

初秋的小雨将草场染黄，坑坑洼洼的破旧路面旁林木葱茏，披挂雨水的松针，被洗濯得碧绿透亮，黄叶点缀在绿茵上，黑色的乌鸦起落回旋。这条从机场通往市区的路，好似一条时间的线轴，越往深处走就越缓慢。

一、英雄玛纳斯的故里

进入城区，赫然看到一座巨型雕塑，骑马仗剑，气宇轩昂，威风凛凛地伫立在路中央，仿若城市的一尊守护神。司机扎密尔用崇敬的口吻说："那是我们的英雄玛纳斯。"

通往比什凯克的路

在柯尔克孜族的神话传说中，玛纳斯是本民族的精神领袖，被誉为"永恒的父亲"。古希腊神话认为，英雄是介于人神之间，且又人神合一的特殊的"人"。而在柯尔克孜人的意识中，玛纳斯是民族英雄，是力量、勇敢和智慧的化身，是一位能征善战、性格刚强的勇士。他大吼一声，则山崩地裂，洪水汹涌，黑云翻滚，电闪雷鸣；他勇猛剽悍，挥舞长矛利斧冲入敌阵，所到之处人头落地，血流成河。敌人听到玛纳斯的名字，便吓得魂飞魄散……

史诗《玛纳斯》讲述了柯尔克孜族2 000多年的历史，公元前3世纪，柯尔克孜先民原本在叶尼赛河上游的山林中生活，却屡遭异族侵犯，从公元10至15世纪，柯尔克孜人完成了从叶尼赛河上游到阿尔泰山、天山的大迁徙，最终落脚在天山脚下的广阔牧场。史诗讲述了主人公玛纳斯及他的七个子孙后代征战立勋成伟业的故事，跨越千年历史。这种纯粹的东方史诗从英雄的诞生开始叙述，史诗中的巫师对首领说："柯尔克孜人中将诞生一位英雄，没有人能战胜他，他要征服世界。他的名字叫玛纳斯，他诞生之后世界就要发

英雄玛纳斯

生天翻地覆的变化……"

玛纳斯诞生时是个肉球皮囊，他的叔叔划开肉球，里面是个一手握血块一手握油脂的婴儿，手握血块预示玛纳斯将戎马一生，要让敌人血流成河；手握油脂预示着他会使柯尔克孜人过上富足的生活。

三百篇诗歌叙述着玛纳斯从少年到老年及其子孙后代的故事。据说，玛纳斯出生在吉尔吉斯斯坦的塔拉斯州。塔拉斯州在唐朝时被称作"怛罗斯"，唐朝军队与阿拉伯军队的对垒就发生在这里，著名的"怛罗斯战役"后，唐军败退，即停止西进的步伐。同时，伊斯兰教在中亚的影响力逐渐扩大。

玛纳斯雕像

许多吉尔吉斯人都相信玛纳斯确有其人，塔拉斯建有玛纳斯的陵墓和博物馆，那里矗立着玛纳斯和他40名勇士的雕像。史诗中记载：玛纳斯生于柯尔克孜族濒临灭亡的危机时刻，玛纳斯率领着民众进行了一系列反抗异族侵略的斗争。可以说，没有玛纳斯就没有柯尔克孜族和吉尔吉斯人。关于《玛纳斯》史诗的传唱，柯尔克孜族用口耳相传的方式流传，演唱《玛纳斯》的民间歌手，柯尔克孜语里叫作"玛纳斯奇"。

在新疆伊犁特克斯县阔克铁热克乡，我见到了一位"玛纳斯奇"——沙乌尔丁·伊曼哈孜。这个面色黝黑的男人，穿着柯尔克孜族礼服，怀抱库姆孜琴站在门口。他躬腰、伸手，做了个优雅的邀请姿势，欢迎我们到来。屋里对着门有一张土炕，墙壁四周挂着精美的壁毯，炕上也铺着带有花朵纹样的羊毛毡毯。女主人端来奶茶、油馕和奶制点心，热情地摆满了整个桌子。

他拨弄着库姆孜琴弦，节奏越来越快，在激越的弹奏声中，他的声音破空而来，每一个音符仿若银弹从嘴里迸出，唱到动情之处时两颊通红，眼泪晶莹。那气势恢宏的情感，激情洋溢的弹唱把我震惊了。而他说：面对伟大的英雄，每一次唱到他的英雄事迹的时候，都不由得会热血沸腾，激扬澎湃，有时眼泪情不自禁地下来，如果不用心唱，就是对祖先的不恭不敬。

听说阔克铁热克乡中心小学将玛纳斯传唱培养纳入了本校特色课程，9岁的"玛纳斯"传人马莱克小姑娘绘声绘色地为我演绎了《玛纳斯》史诗中的片段，这个有着一双俊美灵

与沙乌尔丁·伊曼哈孜

活眼睛的少年传承人模仿玛纳斯的马尤为生动。

据调查，在新疆柯尔克孜族地区有 70 多位玛纳斯奇，其中以朱素甫·玛玛依所演唱的最为完整。乌鲁木齐还成立了《玛纳斯》工作组，专门研究《玛纳斯》。而在中亚地区，散入民间的玛纳斯数不胜数。《玛纳斯》传奇虽然在诗歌中传唱，却从未离开过草原。

阿拉套广场

在比什凯克街头，青天白日下随处可见英雄玛纳斯巨大的雕塑，围绕着玛纳斯及历史名人雕塑的红玫瑰、六月雪、波斯菊和鸡冠花开得娇艳动人。比什凯克白宫是当局政府的办公场所，旁边的阿拉套广场上高大英俊的护旗手正在玛纳斯雕塑的注视下，进行着庄严的交接仪式。

以玛纳斯命名的公园除了售票者，竟然空无一人，园区里的植物野生疯长，走了好久，才看见工人正在树上剪枝。登上玛纳斯公园里的阿塔比易梯，这座塔高约 46 米，站在塔上即可鸟瞰比什凯克的部分市区，东面

玛纳斯公园

一带黛青色闪烁银光的是天山，西面的红顶房是城里的富人区。

此时此刻，天山以北的秋草已黄，却不见牧人打草储冬，一派悠闲自在之境。隐在市井林荫中穹形拱顶的清真寺，是当地穆斯林的信仰殿堂。而在高塔之上，我再次看到了骑马仗剑、威风凛凛的玛纳斯雕塑，在阳光下闪闪发光。

二、比什凯克即景

一场秋雨一场寒。

走进一家土耳其餐厅，此时已经过了餐点，偌大的餐厅显得空荡荡。坐在一面有透明玻璃窗、铺着酒红色桌布的餐桌边，窗外路面湿漉漉的，草坪翠绿，树叶转黄，红漆木长椅被雨水冲刷得干干净净，街上行人稀疏，

比什凯克街景

主街道还挂有习近平主席两周前出访比什凯克时的彩旗和宣传画，他在哈萨克斯坦向世界发出了丝绸之路经济带的倡议，引起了各方的重视。细雨微濛的上午，尤其是配着加了方糖的红茶，听学工科的苏白院长严谨的工业话题，时间似乎又慢了下来。

先去参观比什凯克国家历史博物馆，其整体布局带有鲜明的俄罗斯韵味和游牧民族的气息。博物馆天顶上的壁画以红色革命体裁的画面为多，一个个仿若真人大小的人物高站在让人仰望的角度向下俯视，每一次抬头望去，恰与天空中的眼睛对视。

餐厅的苏白

在一片青花瓷盘残片上，我看到熟悉的古老的中国纹样，这古瓷是名震西方的宋家瓷器，从中原的官瓷作坊走向丝绸之路，亦是八千里路云和月。

幽暗的棺木里躺着一位体长约两米的男性，头骨优美，手脚修长，头顶有干果核，距今已有两千多年，不知道谁把他从伊塞克湖边的梦中惊醒，被一个行走丝路的女子看到了他俊美的模样。

从博物馆的历史穿越到胜利广场，三个巨大的弯拱将花环高擎在碧空中，地上是燃烧不熄的长明火。带着头巾的母亲雕塑，右手托着碗，神态安详，眼神中的光芒是母亲对亲人的期待；左边的雕塑是两组大人和孩子，其中一个大人肩扛着小女孩，脸上洋溢着胜利的笑容；右边是一对机枪手，一个士兵扛着枪筒，一个背着枪轮，提着子弹箱。这三尊雕塑反映了吉尔吉斯人参加二战的场景。广场中间的火焰自二战期间就一直熊熊燃烧至今。恰遇一对新人，穿洁白婚纱的新娘和黑色礼服的新郎在众人的簇拥下，围着火焰祈福合影，据说这不熄的火焰象征着爱情和生活的热度。

母亲广场上随处可见参天古柳，雕塑前滑旱冰的俄罗斯女孩，身材俊美，五官精致，美如画中人。草丛中的一只猫"喵呜"叫着探出头，看到正在长椅上看书的主人，便慵懒地卧在主人脚下，令人一笑的是两者竟都是黑、白花相间。

吉尔吉斯历史名人"阿赖女王"库尔曼江·达特卡的雕像矗立在广场上，五十元索姆纸币上印有这位南部女王英姿霸气的头像。橡树叶已黄，满地的金黄枯叶如同碎玻璃，褐色橡果如同音符飘坠。从草地走向树木、花丛中姿态各异的雕塑，欣赏艺术家对人与自然的尽兴表达：名为世界之门的雕塑，一对母与子的雕塑在"平安的早晨"和"音乐"中"等待"，而他们又在等待着什么？

走进广场旁的卡卡利亚画廊，这个露天画廊更像行画的集贸市场。年轻帅气的画商阿拉干恰好与拉黑玛相识。我们坐在画廊旁，在花红柳绿中惬意地聊着天。他的两个哥哥都是当地有名的画家，他本人在哈萨克斯坦阿拉木图艺术学院学过油画，他认为画画是天底下最幸福最快乐的事。可是他现在还没有名气，画画的开支很大，如果单纯在家画画，他连生活也无法维持，所以他还是选择了开画廊做老板。这个约30平方米的画廊养着两个画家哥哥和他一家三口，他笑着说起自己即将出生的宝宝，在

在胜利广场偶遇的新人

妈妈肚子里已经八个月了。年轻的他对国画无限向往，觉得用毛笔画画很神奇，却看不懂国画的表达，认为那里面营造的世界太深邃。

比什凯克城市的绿化很好，街道两旁、街区、公园、广场到处都有高大的橡树、杨树、桦树和榆树。高楼大厦及新建筑不多，几十年前的苏式老建筑，颇有些陈旧的感觉，却也给这个城市平添了一丝异域气质。街上行驶的私家车辆，多是德系的奔驰和宝马，有的公交车车身上写着"中华人民共和国捐赠"的中文字样。街头的老人很和善，一些老人身着西服，头戴吉尔吉斯传统白毡帽，腰板挺直，显得悠闲自在。阳光灿烂，空气新鲜，一切显得那么祥和，一点儿也看不出几年前这儿曾发生过大规模骚乱。

广场上的雕像

来到传说中的国英中国商品城，红底金底的门头显得很喜庆。据说这家中国人开的商品城两次被烧三次重建。站在商品城门外，焦佳心有余悸地指给我看那曾经被烧毁了的一角，如今已经被建材修补的完整无恙，看不到任何暴虐的气息。焦佳甚至不敢乘坐那重建的升降梯，它也曾被仇恨的怒火烧毁过。

走进商场，里面呈现的是中国人的气息，那些商品、货架、语言和面孔几乎都是中国味儿。在二楼最大的电视专区，我与店铺老板周清军聊天。周清军用一口带着河南乡音的普通话告诉我，2006年农历九月十六日，他从河南南阳老家来到比什凯克，因为有亲戚接应，他在国英中国商品城租

了 60 多平方米的店铺，还雇了两个吉尔吉斯女店员，每月给她们每人 8 000 索目的工资。可是 2010 年 11 月 6 日，从那天开门营业就感觉不对劲，直到发生烧抢的时候，店内一片混乱，他和很多商人一样来不及收拾货品就忍痛逃命了。他还清晰地记得，外面的路全部被封了。再次回来是第二年的春节后，对于被烧毁的商品，吉尔吉斯斯坦政府赔付了一半，于是商场重建，商户又回来营业。

正说着，他的雇员，一个浓眉朗目的女子用汉语问候我，发音带些河南腔。周清军笑着说阿依娜聪明热情，主动向他学习汉语，现在已经会说好几句河南话了，还说豫剧好听呢。

俄国餐厅的
中式茶具

经过一条叫丝绸之路的街道，据说这条街上有家丝绸之路餐厅，只是我们赶到的时候，侍者在门口彬彬有礼地说客已满。我们只得在街边一家俄国餐厅用餐，点了一道土豆丝居然上了一盘炸薯条。西式的餐桌上摆着中式的茶壶，泡着当地红茶，品一口酽酽红茶，欣赏茶壶上的中国四大美女图。对比餐厅里的当地美女，各色头发、各色眼瞳、各种风情，据说这里的美女在语言上很有天赋，三五种语言正常切换毫不费力。

和小钟去逛夜市，最吸引人的是各种各样的奶制品。美味的奶酪原料很纯正，一种类似慕斯的果味酸奶成了我的最爱，不得不承认这是我目前吃过最可口的酸奶，小钟说里面没有增稠剂，完全绿色天然，但存放时间仅有一两天。

回到小钟的居所，这栋老房子位于基辅大街中心地段，形态样式宛如回到了20世纪80年代的中国内陆，平时都很安静。上楼梯的时候，偶尔遇到一个身材高大的壮汉，与破旧低矮的走廊形成鲜明的对比。

有一天的早晨，我突然被欢乐的乐曲声唤醒，走到阳台上看见临街是一反往日的喧嚣，到处都是五颜六色的小孩以及与孩子相关的活动，原来是当地一年两次的儿童节。整整一天这条街车辆禁行，大约有十几公里的路上摆满了与孩子有关的彩绘、陶艺、雕塑、涂鸦、滑板、驯狗、美食以及服饰。

儿童节景象

看见不同笑颜的孩子，感觉心都快融化了。世界原本就是孩子们的乐园，欢乐永远属于孩子们，这些快乐无忧的孩子就是比什凯克的未来，是吉尔吉斯斯坦的魂。

三、成为吉尔吉斯人的座上客

小薇像清晨的露珠一般欣喜地迎接我，因为喜欢黄品源的中文歌曲《小薇》，才给自己起了这个诗意的中文名字。这个21岁的吉尔吉斯姑娘原名叫阿依娅娜，今年9月才从新疆大学毕业回国，她出生在奥什，曾是孔子学院派送赴中国留学的第一批学生，现在是孔子学院的汉语老师。

身穿迷彩服的乌德曼是她的同学，是带着三颗星军衔的现役军人，为我们开车带路。伴着热情奔放的乌兹别克音乐，车开得飞快，把城市远远地甩在身后。

我们要去的度假村是天山牧场下一个叫阿拉瓦恰的地方。一条溪流从山谷中潺潺流过，河谷沿岸的尖顶小屋如同童话，云杉、冷杉、雪松，所有的植被依然是天山的气质。一棵等在路边的白桦树，已经准备好了最绚烂的表白，金黄的叶子在风中簌响。沿河而上的小路渐渐升高，山风渐凉，银光闪闪的雪山隐在蓝紫色山脉的后面。迂回曲折的溪流从远方的峡谷奔腾而下，像一条银色的带子，沿岸随处可见大石头。麦克先生用指南针测量了当下的海拔高度，大约 2 280 米。

车停在指定的停车场，前方的山路只能步行而上，毡房在草滩中错落

有致。一座毡房前的妇女见我在拍照，非常热情地邀我进去看看。毡房里面别有情趣，绣有玛纳斯头像的挂毡挂在中央，南部女王库尔曼江·达特卡和她丈夫的画像挂在两侧，毡房里到处都有民间艺术家的手工艺织品。巨大的餐桌上摆满了琳琅满目的美食，正在用餐的一家人和善地邀我们入座。毡房里还有冰箱、烤箱等现代化厨房设施。热情的主人阿什热力耶夫告诉我们，他们这个家族男女老少20多人利用周末上山度假。

毡房做客

尝一块菱形块状的油炸面饼，味道酥甜可口，主人说是用牛奶、蜂蜜、南瓜和面粉制成的。沙拉是俄式餐点，各种各样的小菜装在精美的盘子里。一碗鲜马奶是好客的主人要我必须得喝的，他们说喝了可以更加美丽健康，伴着祝福声一饮而尽，那略带酸涩的汁液是当地人每年上山必喝的佳品。据说马奶能医治多种疾病，常饮可强身健体，容颜常驻。

毡房外的草地上，几个男人正忙着串肉、烤肉，有的在简易的炉子旁煮肉，一口巨大的铁锅里翻滚着鲜美无比的羊肉。有的人快乐地拉着手风琴，有的人纵情高歌，还有欣赏者的掌声和笑容。欢快的歌声在清风中荡漾，阿什热力耶夫特地为我们弹奏了一曲，和着金色的阳光和草叶的香，乐曲欢快，歌声悠长。小薇翻译说，《年轻的时候》是柯尔克孜族民歌，年轻的时候像一件喜欢的旧衣裳，会新也会旧，青春不待时，行乐须及时。

小薇说吉尔吉斯人认为殷勤好客是优良传统。来客是福，不管与你是

萍水相逢，还是远道而来的客人，他们都要热情招待，要把家里一切最好的东西，如食品、床铺及全家的共同关心和热情都要献给客人。在毡房里，阿什热力耶夫不问我们从哪里来，去向何处，只将最好的食物、奶酒铺满餐桌。一个从伊朗来的小伙子和我们一样也被邀请进毡房，他显得有些无所适从，用蹩脚的英语说，无意中来到这里，发现这里的人非常友好。

柯尔克孜族的毡房是游牧生活的必需品，当马背上的民族渐渐从逐水草而居的游牧生活转向定居生活，祖先留下来的毡房已变成博物馆的展览品。目前吉尔吉斯人已经住进了按照俄罗斯或欧洲风格建造的固定居所，毡房又成为一种古老的记忆和民俗传统。

俄罗斯有一则谚语在当地盛行：见到一个生人，先不要介绍自己，你说你的朋友是谁。随苏白院长去赴晚宴，切实感受到了这种待友的热情。苏白慎重地挑选着礼物，并说我们今天要去的不是高档酒店的餐厅，而是高官的家宴。他说吉尔吉斯人很注重礼尚往来，赴宴时必须准备赠礼，以示情义和尊重。

乘车经过几条街市，周边的环境并不繁华。狭窄的巷道，低矮的院落，直到车停在一幢并不起眼的院落旁。一个年轻男子为我拉开车门，他先与苏白热情地握手拥抱，苏白向他介绍我和麦克先生，他那双黑亮的眼

友人留念

睛异常灵活。令我惊讶的是这位高官的年轻和其貌不扬，而令我更为惊讶的是走进院内近五六百平方米的花园别墅，与平庸破败的巷道形成对比的是他堪称金光闪闪的居所。他的餐厅虽然不大，但是却布置得五彩缤纷，显然为了这场家宴主人花了很长时间做精心准备。

乌兰先带着我们参观了他的居所，书房设计成毡房形状，里面挂着吉尔吉斯斯坦的地图和国旗。地下室有乒乓球桌、健身房，他还为我们展示了他的两部枪械。院子里种着苹果树、樱桃树和白桃树，露天的灶台上一口大锅里正咕嘟咕嘟地煮着羊肉，院子里一条毛发晶亮的德国黑贝发出声响，见到主人则摇头摆尾。后院有车库，还有一间仿金字塔式的建筑，他说喜欢一个人待在里面思考问题。

回到餐厅，地毯是从迪拜带回来的手工精品。酒柜里陈列着各国名酒，里面有威士忌、白兰地、伏特加，还有意大利、波尔多、格鲁吉亚的红酒，乌兰特地指给我看他还存有中国的口子窖和药蛇补酒，是他去广州送儿子上学的时候朋友送的礼物。他的大儿子伊利曼被孔子学院送到华南理工大学上学，享受国家汉办孔子学院每月225美金的奖学金。他原本计划让孩子去哈萨克斯坦上学，可是儿子说他喜欢中国，一定要在中国度过一段时间。

乌兰的夫人年轻美貌，皮肤白皙，一双黑眼睛显得非常聪慧。俨然是见识过大场面，举止言谈显得非常得体。苏白将我从中国带来的茶叶送给她作为礼物，她重复着汉语发音"兰贵人"，表示非常喜欢，并送我一条吉尔吉斯斯坦产的围巾作为赠礼，还亲自戴在我的脖子上。

羊肉、烤鸽子，一道接一道的菜品色彩艳丽，主人不断地关照我，频频给我添菜，换餐盘。见我使用刀叉笨拙，居然拿出一双用绸缎裹着的筷子。

传统面食别什乌里马克是当地招待尊贵客人的最好食品，大块羊肉配着薄而宽的韭叶面条，这种美食我在天山下的伊犁草原牧民家中曾经吃过。乌兰用刀子熟练地将肉切成小块，然后分给大家。

乌兰家宴

乌兰的经历很传奇，他出生在塔拉斯州。塔拉斯州是吉尔吉斯斯坦名人的故乡，是传说中英雄玛纳斯的诞生地，现在那里还伫立着一块他曾经练功的神石。吉尔吉斯斯坦国宝级诗人钦吉斯·艾特玛托夫、中亚第一位女总统奥通巴耶娃都在这里诞生，有人说塔拉斯州人杰地灵，是吉尔吉斯斯坦"最聪明的地方"。乌兰说他和作家艾特玛托夫同一个村子，同一族别。

他13岁上伏龙芝少年军校，是第一届学生，用过卡拉什冲锋枪，挖过战壕。当时的学校地址是自己现在的居所，那时候就想过要在此盖一栋房子，现在终于如愿了。20多年前他参加过阿富汗战争，现在是阿富汗战争退伍军人协会的核心成员。两年阿富汗战争之后又去了车臣、亚美尼亚，受过几次伤，获过无数次奖励和勋章，从枪林弹雨的死神那儿回到家乡。说起战争，他摇头说希望再也不要发生战争了，流血、死亡是非常残酷的现实。

他郑重地将一块胸章挂在苏白院长的脖子上，那是阿富汗战争委员会颁发的奖章，是授予那些真正关心爱护那些参加过战争的将士的人们。他热情洋溢地抓紧苏白院长的手，赞扬他关心参加战争的士兵们的后代，给予他们真正的帮助和关怀。在我们热烈的掌声中，他们紧紧地拥抱在一起。

乌兰夫妇给每个来访者都准备了礼物，他还特地送了我一张阿富汗战争的音乐光盘。在夜色中挥手告别，他们夫妇用力地抱紧我，左右贴脸，并祝福我。这个长久的拥抱和夜宴，至今留在我的记忆中，经年不忘。

在乌兰家的留影

四、寻找邓小平大街

在来比什凯克之前，就知道声名赫赫的邓小平大街，街道宽阔，花红柳绿，更重要的是以中国领导人邓小平的名字命名，是中吉两国友好的象征。所以到达比什凯克之后，就一直想要到这条街上走一走。

和志愿者焦住一起乘公交车抵达站台，地图上标注的这条街"是一条东西走向的双向 6 线行车大街，长 3.5 公里，宽约 25 米"。然而，我们在粗壮古树旁的拥挤站台下车后就不辨方向。街道上没有明显的特征和标牌，也不知道怎么走。路边有好几家外币兑换店，我们进去询问，对方在严密的栏杆后好久才有回应，在一堆花花绿绿的钞票中抬起头，茫然地说："往前走。"好吧，往前走。只是走了好久，前面越走越荒凉，完全与网络地图图片中的不相符。无奈路上手机没有信号，也无法 GPS 定位。

据说，此大道于 1996 年由当时的市长命名，是通往吉尔吉斯斯坦第二大城市奥什的必经之路。到底哪里是邓小平大街？问了在树下摆摊的大娘，大娘摇摇头，表示不知道。来回在此地转了近两个小时，焦佳问了几个当地人几乎全是答非所问。

直到看见一间有中国汉字的店铺，我们才像看到救命稻草一样，店里的老板果然是中国人，他很确切地告诉我们，脚下的这条路正是邓小平大街。看着我们惊讶的表情，这个从洛阳来比什凯克人文大学的留学生张泽宇笑着说："街景与网络地图图片有差距，图片是艺术加工处理过的嘛。"他和焦佳是老乡，还是校友，比焦佳还小一届，两个老乡自然话语投机。

邓小平大街

这家喷绘广告公司是他和当地人合伙开的，目前才营业两个月，主要做喷绘、展架、灯箱等，主要的客户还是中国企业，因为当地人对于店铺灯箱宣传属于过渡阶段。店里进了两台喷绘机，他用了半年时间学习设计制作软件，因为年轻，一切都想尝试。

他详细地告知我们行走的方向，在那里可以看到邓小平大街标志性的雕塑。我们顺着他指的方向，走了大约10分钟，人流渐多，车辆嘈杂，这里是几条公交线路的终点站。找到了人民超市，门前停着很多车辆。在一辆车的后面，两辆车的夹缝中，我们终于找到了被遮蔽的邓小平雕像。这尊其貌不扬的深红色花岗岩雕塑，上面用俄中两国文字刻写着模糊不清的字迹："此街以中国卓越的社会和政治活动家邓小平的名字命名"。然而，它那么小，那么简陋粗糙，不起眼得让人失望，在这个车马喧嚣、人声鼎沸的地方，这尊雕塑让我内心五味杂陈。

在我慎重举起镜头拍照的时候，突然冒出一个个头不高的男人，眼睛有点红，他与我们搭讪。焦佳警惕地示意我拿好手中的单反相机，这汉子疑惑地看着雕像，问我："这个男人是谁？你们为什么要和他拍照？"当他提出想要和我一起在雕塑前合影的时候，冲天的酒气袭来，我意识到这是一个难缠的醉鬼。突然，他的手不怀好意地伸向我胸前的相机，我敏捷地躲过，转身和焦佳快步离开。

再见，邓小平大街。

邓小平大街
标志雕塑

寻访李白的出生地——看见碎叶城

"五月天山雪,无花只有寒。"我在天山下顺着李白曾经看过的角度,仰视天山,此景与一千多年前诗人看到的景致可能别无二致。唐诗中最爱李白的天才豪纵,犹爱他的西域诗,逸气凌云,独辟一径。了解李白的身世履历,原来他从西域来,他行走的方向与众多边塞诗人的方向相反。他出生在唐朝安西四镇的碎叶城,也就是现在吉尔吉斯斯坦境内的托克马克。据说他幼年随父在行旅中经过天山、大漠、瀚海、戈壁,历经壮阔、奇绝的西域风光。有人说,豪气冲天的酒仙和诗仙有胡人血统,那些诗原是出自于骨血中的真性情。在吉尔吉斯斯坦,当地人自豪地说李白的母亲是吉尔吉斯人,也就是国内的柯尔克孜人。

读着李白的诗,查阅李白的诗歌地理,去寻访李白的出生地——碎叶城。此时的碎叶城已经历经一千多年的时光,还静静地矗立在伊塞克湖畔

碎叶城一隅

的南侧。

从比什凯克市区出发到托克马克市东干村大约一个小时，这条路通往伊塞克湖。天山雪峰在薄云虚掩的天空中银光闪闪，如果不是这路上的俄文标示牌，你会误以为身处新疆天山脚下的某一处。玉米金黄，湖泊如镜，伴随着这条公路，楚河迂回曲折，两旁林地野生的苹果树、杏树长得丰茂旺盛，虽无人打理却自在蓬勃。橡树的果子已经成熟，一片片被秋意染黄了的树叶托起棕褐色的果实。微风拂过，熟透了的橡果悄然从树上坠落。白杨青绿的树梢呈45°角指向蓝天，站成一面天然的屏风环绕着丰收的农田。古柳婆娑低垂着浓密的柳条，谦卑而温柔地向大地请安。波光闪烁的小池塘旁是度假村，很多人在此垂钓。

托克马克东干村小学的校长萨拉·萨莫洛夫嘎在路边等我们，她带我们前往阿克贝希姆的碎叶城遗址。车穿行在绿树掩映的土巷道中，低矮的平房，寂静的村庄，这就是李白的出生地？史书中掷地有声的安西四镇之一的碎叶城何在？一条路笔直通向远方，两旁村庄渐逝，大路朝天，茫茫四野，似乎看不到一丝与诗人有关的迹象。

萨拉·萨莫洛夫嘎的长相非常中国化，模样装扮与中国的回族妇女相似，她是吉尔吉斯斯坦的东干族，名字是俄国名，父亲姓叶，老家在甘肃，有亲戚在新疆伊犁，她说曾经去过乌鲁木齐。汉语只会说个大概，除了和父亲交流时说父亲的家乡话之外，汉语几乎用不上。我问她是否知道李白，她说听父亲说过，是中国的大诗人，家里有一本他的诗集。

眼前这座荒草丛生的遗址就是唐朝边地最远的一座城池——碎叶城，还可以清晰地看到长达20多公里的断壁墙，依稀可见古城的轮廓。据说，碎叶城是仿长安城而建，考古学家们在此找到"开元通宝"的唐代钱币。碎叶城建于唐高宗调露元年（679年），与龟兹、疏勒、于阗并称为唐代"安西四镇"，是丝绸之路重镇。

微风拂过，稀疏的青草摇曳，盛唐的边关在古籍的寥寥数语中不朽，却被时光遗为一堆土。在这座方形城池中，李白何在？前无古人后无来者的诗仙曾诞生于此地，那是天山、楚河盆地、伊塞克湖、茂盛的草场以及异域之香，缔造了诗人之灵骨和风情。

托克马克地处水草丰茂的楚河河谷，是古丝绸之路两条干线的交汇处。丝绸之路自张骞通衢后，中西使节、商贾长途跋涉汇集于此，休息补给，是东进西出的必经之路，天山雪水的滋养，使得盆地土地肥沃，适合农作物生长。气候宜人，适合生活。对于中世纪梦想征服世界的征战者而言，这块土地是天然的粮仓，是兵家必争之地。这里是唐朝政府目光的聚集地，当年唐朝的疆域版图何等辽阔，碎叶城作为唐朝管理西域的核心边关，管辖地域包括现今的哈萨克斯坦东部、塔吉克斯坦、吉尔吉斯斯坦、阿富汗、伊朗等国的部分地区。

公元9世纪，喀喇汗王朝的大可汗策马征战，将此地作为冬牧地，设都城名曰八剌沙衮，以此为中心确立了对塔里木盆地西部、费尔干纳地区和七河流域的统治；西辽国的首领耶律大石在西行征战中同样相中此地，认为这里是可耕可牧的"善地"。按照契丹族传统，杀青牛白马祭告天地、祖宗，他们抢占宝地，将国都

迁到此处，更名为虎思斡耳朵（意为"强而有力的宫帐"）。

无论是唐地边关、可汗军帐还是契丹宫帐，都已被时光肢解，几乎不见踪影。只有八剌沙衮城仅存的一处遗迹——布拉纳塔还伫立在空寂的草地上，接受着后人的仰视。据说此塔是由粟特人建的尖塔，最初有 45 米高，公元 15 世纪的一次大地震摧毁了塔的上半部。

初看砖混结构的布拉纳塔与吐鲁番盆地的苏公塔形似，它们之间隔着几百年的光阴和一千多公里的地域。进入塔内，楼梯窄小、幽暗，只能容纳一个人摸黑行走，那旋转楼梯犹如通天之路。我本能地伸手抓住墙面，每一次触摸就会有一个坑洼等可以着手的探索，那是多少登塔之人的手迹。楼梯前窄后深，即使在黑暗中也不会让你的脚落空，如果你已经找到了登梯的规律，内心会随着不断上升的楼梯而倍感踏实。登上塔顶已是气喘吁

呀，极目远眺，一条以塔为终点的黑色柏油路起伏在金色的田野中。熟悉的天山雪峰，此时我在它的另一面仰视。这时，李白的诗句蓦然涌来，如天风荡荡。"明月出天山，苍茫云海间。长风几万里，吹度玉门关。"

在塔边漫步，右侧山谷坡地上伫立着大约30多个石人、石柱，还有大大小小排列整齐的立石。石人表情生动，相貌迥异，每一尊都不一样，几乎都有五官、头型及手形，有的手中还握着酒杯或碗，外观与新疆伊犁的草原石人有相像之处。这些石人已经伫立了将近千年，据说是突厥人的遗存，不知道是谁把他们立在这儿，那些立石的人早已灰飞烟灭，而石人却永生，他们是草原丝绸之路难解的谜题。风呼啸而过，时间似乎沉淀了一切恩怨情愁，千年的风景并无沧海桑田之变，只不过一千多年前是李白在这里，而一千年后是一个独行丝路的女子站在诗人的故里遥望诗人。

布拉纳塔石雕群

布拉纳塔

看守遗址的老人满脸皱纹，身子在粗糙的羊毛毯下发抖，也许他正是时间老人本身。要是你试图把他从冬眠中唤醒，他只会对你咕哝一声，点点头，就算跟你交谈过了。

环顾古城，整个场景让人不由自主心生苍凉、悠远之情，连风都是那么冷峻。此时，两辆黑色的轿车停在塔下，车门打开，里面像变魔法般鱼贯而出的是鲜亮美丽的姑娘和穿着礼服的帅小伙。打领结的男子接过一个穿着白纱裙的姑娘，其他姑娘们围成圈，簇拥着一对新人，在摄影师的镜头前笑靥如花，欢呼不断。蓦然间，这里有了生气和活力。萨拉告诉我，当地的年轻人结婚很多都会选择到这里拍婚纱照，祈福。

在异乡恰好赶上中国传统节日中秋节，虽说独在异乡为异客，可是我却丝毫没有这种寂寥之感。几天前，小钟就通知我参加由中国大使馆召集的在比什凯克工作、经商、留学的华人共度中秋佳节晚会。晚会设在一家高档酒店，会场的布置可谓中西合璧，一面是西式自助餐，另一面是中国红的背景和一轮月亮。吉尔吉斯斯坦的社会名流以及在当地工作的中国同胞汇集在一起，大家身着节日盛装，喝酒交流，观看节目，气氛欢快热闹。东干族女歌唱家用汉语和吉语唱了一首《茉莉花》，字正腔圆的汉语、熟悉的旋律以及与中国人别无两样的面孔，不由得让人有种亲近感。比什凯克人文大学汉语系的大学生穿西装打领结，眼睛亮闪闪的，用汉语声情并茂地朗诵了李白的诗：床前明月光，疑是地上霜。举头望明月，低头思故乡。

我端起酒杯走向阳台，今晚云层密布，月亮被层层云雾遮挡着，只能看见云层后的银边。在异国他乡独自度过的第一个中秋节，只想看到天山下的一轮圆月，方可天涯共此时。总听说国外的月亮比中国的圆，可是在李白的故乡，在中秋佳节，月亮却避而不见。

突然，月亮从乌云中露出一个角，霎时清辉漫射，天地瞬间亮了起来，天空中黑云像被追赶着逐渐散去，天空越来越亮，月亮在云层中半遮半掩，似犹抱琵琶半遮面的美人。"月亮出来了！"人们一阵欢呼，阳台上已经挤满了赏月的人。也许只有中国人才如此重视中秋圆月的意义，翻开古诗词，发现有那么多的诗人在中秋的夜晚思念亲人，感伤月圆人未圆的愁绪。

对着明月举杯，学诗仙举杯邀月，对影成三人。月亮在李白的生命中有一种无法释怀的情结，直到有一天他执着而浪漫地去水里捞月亮，再也没有回到尘世。

郭沫若考证，李白出生在碎叶城一个富商之家，幼年时，父亲李客就教他读司马相如的辞赋。他在这里一直长到5岁，随父举家迁居四川江油。成年后，遍游长江南北，留下诗篇无数，但终生再也未回过出生地碎叶城。

至于李白一家迁至碎叶的原因有多种说法，有学者认为是其祖先在隋朝因犯罪被流徙至此，玄奘西行取经途经此地，在碎叶城以西的怛罗斯附近见到过被突厥掳掠至此的300户汉人，此事在《大唐西域记》中有记载；另一说法则认为李白的先人是中原派驻当地的地方官员；还有人说是家族经商迁居于此。

虽然在寻访碎叶城时发现托克马克当地人对李白并不知晓，但是李白在吉尔吉斯斯坦文化界却备受推崇，在2001年李白诞辰1 300周年之际，《李白》诗集从俄文译成吉尔吉斯文版本首次在比什凯克问世。当地专家学者认为，李白是"中国诗歌的圣灵、寓言家、词汇大师、民族的精英。"

在比什凯克街头遇见一些年轻人，时时都可听到他们用汉语问候的"你好"，有的甚至走上来用汉语问我：你叫什么名字？每次听到这样的问话，我都非常乐意并耐心地陪热爱汉语的年轻人练口语，而且每次都不忘欢迎他们去中国。在街头遇到一个十几岁的少年，用不熟练的汉语对我说："我喜欢李白，将来也想当李白。"

伴着一轮明月，千年前曾经照耀着李白的案头，他纵情写下的诗篇成为诗歌中的传奇，成为诗人最终的归宿。让李白低头思量的故乡，也许就是那一片青青草原及农田覆盖的碎叶古城？

风雨迁移东干人

从乌鲁木齐国际机场飞往比什凯克，只有一个小时五十分钟的飞行时间。一下飞机，铅色的天空与水泥色的地面色泽一致。有小雨点滴下，吉尔吉斯斯坦迎接我的竟然是一场细碎的秋雨。

在等待过境的人丛中，我被各种发色、各种声调、各种肤色的人流淹没，突然发现自己格外孤单，下意识地掏出手机，发现手机居然没有信号。蓦然意识到，如果我在比什凯克的朋友小钟不来接我的话，这里将是我的"盲区"。

终于在拥挤的出口看到了熟悉的笑脸，在异域相见格外亲切。小钟一一介绍：绿眼睛的苏白院长是维吾尔族，黑眼睛的院长助理是东干族姑娘，拉黑玛和蓝眼睛的司机扎密尔是柯尔克孜族。这个笑容如花的年轻姑娘麻利地接过我的行李，她的模样乍一看像汉族姑娘，细看依然与汉人别无两样：黑头发、黑眼睛、黄皮肤，一口流利的汉语和爽朗的笑声让我很快就记住了她。接下来的几天，一直都是由这个东干族姑娘陪着我采访，小钟说她非常有语言天赋，用英语、俄语、吉尔吉斯语、汉语、阿拉伯语都能交流自如，好像嘴里有好几个舌头，其他的语言听几句就会说。

对于东干族是近几年才从媒体上获知，在中亚的吉尔吉斯斯坦、哈萨克斯坦、乌兹别克斯坦三国，有这样

东干小伙

一批来自中国陕甘的移民，他们在一百年前流亡至此，还说着百年前的家乡话，保留着家乡的习俗，吃饭用筷子，睡觉喜欢睡热炕。

一、东干人的聚集地——亚历山大罗夫卡村

罗夫卡村街景

在去亚历山大罗夫卡村的路上，陈旧的路面，破旧的公交车，那司机一面开车，一面收车费，甚至一面接打电话一面找零钱，还一面手持方向盘，脚踩油门，在车流混乱的街道上行驶。我要去的亚历山大罗夫卡村是东干人的聚集地，距比什凯克33公里，地处楚河谷地的中心。车上有围着阿拉伯头巾弯眉细目的女子，有金发的白俄姑娘，有黑发黑眸的柯尔克孜族姑娘。在头戴白帽年长老者的笑容里，我总能看到一种金光四射的光芒，那是金牙的光，据说这是当地人的习俗，是一种财富的象征。

拉黑玛带着我和来自古都西安的志愿者楚雯雯来到村里最大的集贸市场，这个集贸市场和中国国内地级县的集贸市场没有太大的区别，市场规模不大，蔬菜、肉类及生活用品都摆在破旧的柜台后，包着头巾的如女都有一张扁平、清秀的面孔。卖干果的老太太竟然穿着黑白花纹的艾德莱斯裙，可是她的脸上却是一副拒人于千里之外的表情。一种装在大搪瓷盆里的食物引起了我的好奇，楚雯雯用陕西方言问老板娘，

老板娘用略带陕甘味儿的汉语答曰：羊尾巴油。拉黑玛说这是一种薰出来的肉，用盐、辣椒拌好，吃的时候切片放在面包或馕上。

经过市场旁的水果摊，我们引起了几个小孩子的好奇，口齿伶俐的小姑娘拉米娅，她用让西安姑娘激动不已的陕西方言问我们来干啥。俄语和吉语并不流利的楚雯雯用陕西话与她们聊得热火朝天，她们对来自中国的我好奇不已，睁大眼睛看着我并重复着雯雯的口音："啊，是个写家呀（写家即"作家"的意思），我还从来没有见过写家呢。"她和姐姐阿依莎要求我给她们"咔一哈"（照相的意思），并摆出剪刀手，我给她们回看相机里的照片，两个小姑娘欢欣鼓舞地说："好俊呐。"她们的爸爸玉素浦·玛拉达是这个水果摊的主人，一直在一旁默默地观察着我们。当我们询问村里的哪位老人懂历史的时候他为我们提供了几个老人的名字和住地。并说自己虽然出生在这个村子里，今年已经 35 岁了，可是对过去老回回的历史并不了解。

12 岁的拉米娅是个天生的小商人，她一边和我们聊天，一边不忘招呼过往行人，卖葡萄、西瓜、石榴、苹果，算账、交货一气呵成。我在她的水果摊上买了一些葡萄和苹果，她热情地介绍说全是本地产的果子，甜得很。

亚历山大罗夫卡村看起来很古朴，低矮的土坯房与新疆天山脚下的伊犁农家院子很像。不巧的是我们找了几户懂历史的老人都外出了。在路上遇到 17 岁的布鲁斯达姆，这个有着混血气质的男孩是比什凯克理工大学的学生，父亲是东干族，母亲是俄罗斯族，他告诉我村子里还有一个懂得多的爷爷，但是脾气很坏，他指向一家大门紧闭的庭院，却并不敢敲门。

鼓足勇气去敲门，所幸开门的中年女子与拉黑玛相识，向她说明我的

东干老人马中英

意图，女子显得有些犹疑，意思是要问爷爷是否愿意见来自家乡的人。当我们走进马中英的小屋时，他手持拐杖坐在土炕上，粗犷的问话显得很严厉，当我用乡音问候他的时候，他僵硬凌厉的表情舒缓了，话匣子不知不觉地打开了。

马中英老人说他1933年3月7日出生在伊犁霍城，30岁离开霍城老家来到此地，曾经当过粮食技术员。父母是宁夏人，父亲曾去过苏联，尸骨最终埋在了霍城。他来到此地已经52年了，娶了俄国老婆。刚开始到亚历山大罗夫卡村的时候，这里没有人，全是芨芨草滩。他用了150元买下了现在这块地开荒。刚来的时候一句俄语也不会说，上公交车由于不懂语言，有人把他一锤打下车去。于是他在买菜的时候向卖菜的人学单词，在与邻居交往生活中学会了说俄语。他认为"老毛子"话轻巧、简单，只有28个字母，而汉人的字念不完。他的几个孩子都已经不会说家乡话了，因为用不上。由于多年听不到乡音，加之身体愈来愈差，他的脾气也愈来愈坏，孩孙们和他说话的机会就愈少，对此他感到很生气也无奈。说到回中国的事，他长叹一声，说回不去了，得脑病有10年了，眼睛看不清，腿脚也不方便了，而中国那地儿人太多太稠，吃江里的鱼、不吃面的人多，不适应了。

我们告别老人的时候，老人说他今天把几十年没说过的家乡话都说完了。他挂着拐杖起身送我们出了院子，看着那扇闭合的铁门，有恍如隔世之感。

二、拜访东干族专家

在中国大使馆举办的中秋晚宴上，所有的节目几乎都是由东干艺术团表演的。那长袖翩翩的扇子舞，那字正腔圆的中国民歌，还有那清秀的五官相貌，使我在异乡并无隔膜和孤单的感觉。在人来人往的宴会上，我认识了国际东干学家王吉山教授，并与他约定拜访时间。

再次见面是在吉尔吉斯斯坦人文大学的会议室，王教授曾经担任东干教育文化基金会主办的《回族》刊物主编。他本人是生在中亚的第四代回族，家在伊塞克湖的热湖州二道沟。他指着一份地图讲述了晚清时期起义被镇压的回民分三拨从新疆出境，一批在哈萨克斯坦，一批在吉尔吉斯斯坦，另一批在乌孜别克斯坦，目前总计约有 11 万人在中亚地区，分别生活在"营盘""米粮川""马三旗"等数个陕西村和甘肃村。

在清朝同治元年（1862 年）陕甘回民发动了大规模的起义，清王朝派左宗棠为陕甘总督，大兵镇压，义军在白彦虎、大师傅和马大人的带领下分三批，由新疆败退到中俄边境，不得已于1877 年冬天翻越海拔 3 800 米的多伦山，至楚河境内。从楚河流域到费尔干纳盆地，从哈萨克高原到纳伦河谷，原本 3 万余人只剩下 3 314 人，沙俄帝国容留了这批回民，于是他们就在这里扎下了根。

这些来自陕甘的回民自称回民、回回、老回回和中原人，苏联政府将这个族群确定为"东干人"。"东干"即"东甘"，甘肃东边的意思，

东干学家王吉山教授

东干人就是甘肃东边来的人；还有人说"东干"是"东岸"的意思，指的是黄河东岸；第三种说法，"东干"是突厥语 Tun-gan 的音译，"留下来"的意思，操突厥语的人把中国西北回族称为东干人。当初的移民大都不识汉字，除了会讲筷子、桌子、辣子等生活常用词汇之外，汉字已经失传了。于是，东干人成功用 38 个斯拉夫字母拼写陕西方言，从而创立了东干人文字。我在吉尔吉斯斯坦人文大学图书馆的书架上看到了一本由东干研究所编的书，名曰《爸爸妈妈家乡的话》，里面分别用俄语、吉语标注着简单的汉语词汇。王教授表示忧虑地说：在此生活的第四代人很多都不会说东干语，城市里的孩子几乎都用不上。虽然现在一些学校每周开两节课让学生学习东干语，然而更多的孩子把注意力放在学好俄语和英语方面，他们认为这对学业和就业更为实用。

与王吉山等人合影

东干姑娘

三、伊塞克湖畔的东干村

在伊塞克湖附近的托克马克市东干村，萨拉·萨莫洛夫嘎带着我们来到她的家。身材苗条、有一双明亮大眼睛的她是托克马克东干村学校的校长，只会用简单的汉语交流。她的家在一条毫不起眼的巷道中，但走进院子却别有洞天，葡萄藤下的指甲花和波斯菊开得正艳。宽敞的客厅，茶几上摆满了各种饼干、糕点和小吃，她说小碟子里的点心是为了迎接我们而特地烤制的，里面有核桃、蜂蜜、葡萄干，她说甘肃人叫掏馍馍，陕西人叫果子。

厨房的案板上已经醒好了拉面剂子，锅灶上炒好的菜肴还散发着香气。她笑着说今天咱们只有吃素了，刚切好的肉不小心让猫叼走了。看着她动作麻利地抻面、下面，那些面条在她手里变得服服帖帖，不一会儿一盘拉条子拌面就出盘了，配上红辣椒炒绿韭菜、炒毛芹菜、炒辣椒丝，这地道的拌面则是我熟悉的味道。

她的丈夫合兵匆匆到家，亦是一口陕西方言。他放下手中的相机，一边吃饭一边和我们聊天。他说自己的祖上是 1873 年来到此地，至今他没

萨拉·萨莫洛夫嘎的家

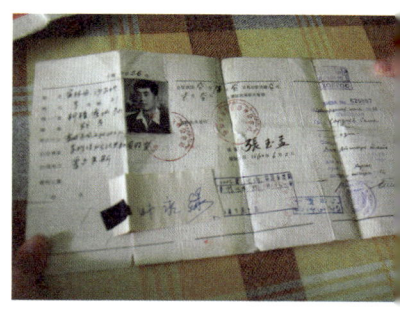

有回过老家。他们的家以自己开照相馆为生计，比上不足比下有余，对于自己的生活状态，他和萨拉感到很满足。

萨拉带着我们去看她的父亲，她说父亲非常好客而且有修养。叶永禄老先生一副慈眉善目的样子，眉毛浓密，眼睛有神，笑容亲切，牙齿洁白整齐。他热情地把我们让进他家的客厅，桌子上摆满了各种小吃和点心。他家的书柜上摆着伊斯兰教经文，还有《红楼梦》《三国演义》等中国经典小说。他说自己1939年出生于新疆伊犁，23岁的时候从伊犁霍城霍尔果斯口岸离开家乡。至今依然保留着当年由伊犁州公安局签发的出境证明，时间霍然落在1962年6月2日上，纸页已经泛黄，照片上的人浓眉黑发，正年轻。

他说自己毕业于伊犁银行学校，学过9年的汉语，5年的维吾尔语，因为爱看书，会讲多种语言，曾经当过翻译。他的院子里花红柳绿，葡萄藤缠绕在架子上。他自豪地介绍说以前每隔四年都要回新疆去看看，回来的时候总要带些家乡的东西。西瓜是从美国引进的种子，比甜瓜还要甜，水分多；冬枣苗是从新疆带回的，已经种了4年了；甜瓜是从和田带回来的伽师瓜种。他在和我们聊天的时候，女儿萨拉始终眼神专注地看着父亲。这时，他的二儿媳妇叫我们吃葫芦包子，说蒸了一大锅刚出笼，让我们尝尝鲜。叶老爷子把我们让进里院的餐厅，说恰好到做礼拜的时间了，他要先去做礼拜。

告别叶老先生，萨拉带我们经过一家裁缝店的时候，被热情的女老板拉了进去，萨拉说这是她好久不见的闺蜜古丽娜尔，47岁的古丽娜尔风姿

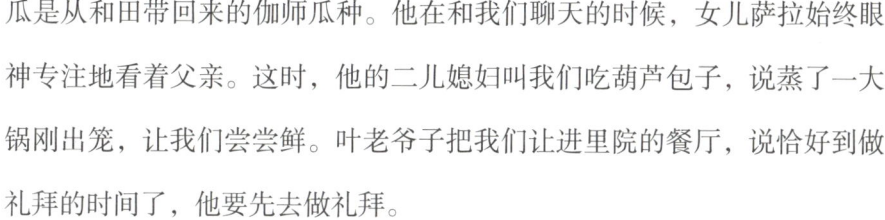

绰约，笑容如花，听说我从新疆来，显得格外热情，她的汉话还很流利。她说自己是1962年从伊犁霍城过来的，现在和80多岁的老母亲一起过。她的服装店摆满了各种漂亮的礼服，多数都是结婚的新人到这儿量体裁衣制作的传统服饰。那些服饰上的珠花、亮片晃人眼目，一件传统的婚服制作要一周时间，古丽娜尔会根据客户对于服装的要求收3 000—7 000索目（索目为当地的货币单位）。由于当地人的习惯，夏天结婚的人很少，多数都会在九月、十月或者三四月结婚，所以在此之前的一段时间会相对忙碌些。也正是因为时间相对自由，她几乎每隔一两年就会去乌鲁木齐、回伊犁，看亲戚，她感觉这里和伊犁没有什么太大区别，每天都能看到的是同一座天山。

百年变迁，东干人孤悬中亚，虽然他们与故土的距离只隔着一段天山，然而却很少有人迈出这一步。自从中苏关系恶化之后，他们与中国之间的联系几乎隔断了。由于条件限制，他们大多过着封闭的生活，根本不知道外面的世界，也不了解中国目前真正的情况和飞速发展着的面貌。20世纪80年代，当东干人接待第一个来访的中国人时，他们问的第一句话居然是："左宗棠的人还在吗？"

近些年，许多东干人回陕西、甘肃、新疆寻根，有的找到了同族乡亲，热泪盈眶；而有的物是人非，大有"儿童相见不相识，笑问客从何处来"的情景。时间将所有的恩怨情仇——化解，古今多少事，都付笑谈中。

萨拉和她的裁缝闺蜜

伊塞克湖畔信仰的力量

一、玄奘高僧抵达的热湖

从乌鲁木齐至比什凯克的飞机窗口往下看，连绵不绝的巨大雪山，冰峰叠嶂，群峰层涌，我仔细看着那在冰蓝色山脊中裂开的一条条山谷，通透的光让那些冰脊晶莹剔透。无法辨析哪一条是高僧玄奘曾经走过的路，能翻越这样一座神山的人，需要怎样的信念、毅力和智慧的支撑？

天山深处的夏塔古道，是丝绸古道上最为险峻和高危艰险的隘道，又名唐僧道。从伊犁草原沿夏特河谷上行，抵达云雾缭绕的木扎尔特冰峰下，即可见到这条传奇之路。海拔 3 600 米的木扎尔特冰峰是《大唐西域记》中玄奘西行翻越的"凌山"，也是夏特古道的"瓶颈"。这条古道曾是汉朝通向乌孙国、大宛国的主要商路，是联结中亚草原与塔里木盆地沙漠的捷径。

公元 627 年，玄奘从长安出发西行取经，从塔克拉玛干沙漠边缘的古城阿克苏，翻越"凌山"抵达伊塞克湖，走的正是这条"难以全生的危险道路"。据玄奘记述：自"凌山"行二百余公里至大清池（伊塞克湖），清池西行二百五十余公里至碎叶水城，城周三四公里，诸国商胡杂居。根据这寥寥数笔记载，考古学家在伊塞克湖南岸找到了唐代西域重镇——碎叶城遗址，风云变幻，盛唐边关已风化瓦解成一座巨大的土堆。

玄奘在此地见到西突厥统叶护可汗，得到可汗所赠的丰厚资助及通关国书，并派一名通解汉语的少年随行，一路护送法师西行。玄奘经碎叶城西行去了天竺国。20 多年后，唐高宗在 658 年派大将苏定方在楚河流域与西突厥交锋会战，大获全胜，控制了包括碎叶城在内的中亚广大地区，并将最远的边地之城设在了伊塞克湖畔。

从比什凯克市区出发向东行，不久就看到河面清幽、蜿蜒流淌的楚河，商务车沿着楚河边的公路向东行驶。据司机扎密尔说，这条路是中国人出资修建的一级公路。路两旁林木丰茂，远方的路面总能看到亮晶晶的水洼地，而车行至眼前，路面平整，只是视觉差异而已。楚河是吉尔吉斯斯坦与哈萨克斯坦的界河，按照国际惯例划分国界，像楚河这样不通航的河流通常以河流的中心线为界，然而实际上楚河总是来回曲折地穿越国界线，那两道铁丝网一会儿在河北岸，一会儿又到了河的南岸。

左面的一座荒山，据说哈萨克斯坦用了 50 匹母马换取的，这座看似其貌不扬的山，却蕴藏着丰富的矿脉。

伊塞克湖是吉尔吉斯斯坦的地理焦点，当地人引以为豪：它是世界上

伊塞克湖湖畔

海拔第二大高山湖泊，是世界上最大的咸水湖，湖水盐度很高。"伊塞克"在吉尔吉斯语中意为"热湖"，即使是降雪的严寒天气，湖面也不会结冰。

纵观丝绸之路中亚线路，伊塞克湖是中心区域，绕湖而行的有南北两条线，无论是北道还是南道，都会在湖边的碎叶城交会。中国历代王朝的使节、商人、僧侣和军队一批又一批地在这条古道上，前赴后继，从伊塞克湖到中亚、南亚、中东、欧洲和非洲。

自伊塞克湖始，丝绸之路从此南北分道，分成了"草原之路"和"绿洲之路"。沿锡尔河北岸往西北走，可通往哈萨克及南俄草原；朝南转折，则是进入泽拉夫善河流域的绿洲群，由此翻越兴都库什山，经阿富汗即可直达印度，玄奘当年走的就是这样的一条行径路线。另一条线则绕过咸海、里海，西去波斯、阿拉伯，抵达丝绸之路的终点罗马。

卡拉库里市的列宁雕像

伊塞克湖南岸最大的城市是卡拉库里市，北岸沿线最大的城市是乔里潘阿塔市，我们此行的路线是经由北岸环行。路边不时可以看到列宁雕像矗立在阳光下，小镇上的人不多，在一家商铺的铁皮炉子前烤着香喷喷的馕。一对老人相互搀扶着，小心翼翼地缓缓而行，老先生发动一辆老旧的拉达，老婆婆吃力地坐进副驾驶的位子，车子缓缓地开动了，开出我的视线。

通往湖边的路是一条灌木丛生的土路，野苹果树、野杏树交杂成林，成片的薰衣草，疯长的麻黄。远远望去，湖面如同一块蓝色冰晶镶嵌在地平线上。苏白说，他喜欢带着朋友到湖边的密林里打野鸡、野兔，有时

也去湖边钓鱼。湖里的鱼主要是当地特产"苏达克"，还有一种叫"法烈"的虹鳟鱼是俄国人的最爱。很早以前，吉尔吉斯斯坦人是不吃鱼的。

伊塞克湖畔的植物

偌大的湖边草甸，空无一人。湖边沼泽丛生，几乎无法走进湖岸边。也许是早上的一次涨潮，湖水覆盖了岸边的湿地，那些肆意生长的植物完全由着性子长，红柳花浓烈，麻黄上结着点点小红果。

天山如同一面虚幻的幕布，环绕湖边，宽广的湖面一眼望不到头。白浪卷边，层层推向岸边，湖水清澈碧蓝，如同美女的罗纱裙。走到湖边，清风荡荡，湖面似乎有千万匹丝绸朝岸边涌来。丝绸的经线神秘地交织在漾动的时光里,钴蓝、湖蓝、宝石蓝、仙女蓝……蓝色正向我无尽涌来。

伊塞克湖

仙境般的伊塞克湖，纵然有西突厥可汗的盛情款待，终没有留住玄奘的脚步，高僧的目标很明确，不到西天誓不回头，不达目的绝不罢休，谁也挡不住他要去的方向！

二、伊塞克湖畔的乐园

早晨。两岁半的恰芭和一岁的巴伦来接我，它们欢蹦乱跳地围着我转来转去，它们知道今天要出远门了。我坐在越野车上，两只狗把头放在座椅的凹处，显得很乖巧。苏白说恰芭是个真正的猎人，善捉河里的野鸭子。苏白经常带它去游泳，它只要见主人下水，也会不由分说地跳下水，游得比主人还欢。有时还会调皮地用前爪搭着主人的腿，听见主人在湖里又喊又叫才放开爪子。而白色带黑斑点的巴伦则被小钟溺爱成儿子了，它的注意力在捕捉昆虫上，总能准确无误地抓住苍蝇、飞虫，有时也能捉住蜻蜓。

车停在湖边的一座农舍前，苏白说要顺道进去看看老朋友。斑驳的铁门，院墙上一簇簇密集的枝叶和果实探出头来。古诗"春色满园关不住，一枝红杏出墙来"即是如此吧。而在伊塞克湖畔，九月才是硕果累累、瓜果成熟的季节。此地因天气寒冷，果实成熟的季节较晚。

正在果园里修剪梨枝的托克汉应声而出，见到苏白便高兴地拥抱在一起。苏白对托克汉赞赏有加，称他为优秀的园艺师，能让一株梨树上结出两种形状、品相不同的梨子。62岁的托克汉只是憨厚地笑着，用崇敬信任的眼神看着苏白，并让老伴给我们摘果子吃。院子大约有两亩地，果树旁种着密不透风的玫瑰花和玛琳果，如果有人禁不住诱惑去摘果子，很可能先被鲜花上的荆棘所伤，玫瑰花成为一堵天然的院墙。

熟透了的西梅呈紫红色和黑紫色，托克汉也成功地将一棵西梅树嫁接了两个不同品种，摘一枚红色的西梅果尝尝鲜，甜蜜多汁，果肉紧实。托克汉说，从1970年起他就住在这里，180年前的湖水在山前，几十年前水位已经退了将近二三十米，这个咸水湖只进不出。在这栋房子里，他的孩子们一一出生，又去上学、打工，现在只剩下他们老两口。他把儿子送去莫斯科求学，儿子最后选择留在莫斯科。现在他每月还有150美元的退休工资，他和老伴每天侍弄花草果木。果实成熟的时候，会拿到伊塞克湖边向游人兜售，大部分的果子都会用来做果酱，有的自己吃，有的送亲戚朋友。苏白非常了解老朋友的情况，给托克汉带来了一袋将近 10 公斤的白砂糖。

告别了托克汉的果园，我们在卡布里斯度假区入住，那尖顶别墅是意大利人卡尔洛的私人住所，他经常出租给朋友们度假。

友人与他
的宠物犬

湖边的细沙滩上有几座空无一人的凉棚，走在细沙上，老远就听见水浪拍岸的声响。苏白忍不住地想下去游泳，当他扑通一声跳入水中时，恰帕不由分说地紧随其后，巴伦也尾随而至。两只狗迅速地在湖中超过苏白，苏白在湖中大笑，惊得幽静湖面涟漪不断。两只狗在湖中与主人玩着游戏，我们站在栈道上观看，而调皮的恰帕已经快游到有标记的警戒线了，小钟焦急的大声喊着它的名字，"恰帕，回来！"听话的恰帕即刻转身返回，两条狗先后湿漉漉地上了岸。

太阳西沉，橘色的光芒倾洒，空中飘着一大片灰蓝色的云彩，此时此即的湖面如同一块起伏荡漾的绸布，那是点彩画派的各种色彩的叠加与渐变。丝绸湖神秘地起伏着，泛着蓝紫与金银相交的波纹，不知疲倦地推进到岸边又撤回。

三、湖畔围炉夜话

目送最后一缕阳光坠入伊塞克湖，清风从湖中旋起，顿感凉意来袭，那里面有来自雪山沁凉的气息。回到别墅，壁炉中的木柴已经燃起来了，房间的温度升起来了。吃过饭，我们围坐在壁炉前，苏白打开一瓶格鲁吉亚红酒，我们一边喝，一边聊着天。

伊塞克湖两岸原本是丝绸古道的必经之地。沿湖而居的人们自古有着不同的信仰，佛教、东正教、伊斯兰教、天主教、犹太教都曾经在这里发展过自己的信徒。公元前4世纪亚历山大帝国时期带有希腊色彩的佛教，及至公元6世纪在这里流行的景教曾在湖边驻守。13—18世纪期间的部族汗国遗迹和19世纪的俄罗斯文化的痕迹比比皆是，如今人们依然遵循各自内心的信仰。

在伊塞克湖畔的民族文化中心，有五幢外形不一致的建筑代表着不同的信仰。释迦牟尼站在莲花宝座上，石头上刻有六字真言；园内设有韩国人赠送的铜钟，吉尔吉斯人都知道撞钟代表着祈福之意；东正教堂的中央是悲天悯人的上帝之子耶稣；在犹太教的教堂中，犹太人信奉的是耶和华神；圣母玛利亚温柔的光芒照亮了基督教的壁画；在伊斯兰教的大厅里，中间供着一块麦加神石，地上铺着做礼拜的毡毯。

我们谈论着宗教、信仰，最终话题回到当下。苏白说自己的户口上是维吾尔族，可是来到了比什凯克却成了哈萨克族。1977年，他在上海工业大学学习机械制造专业，那是他第一次从新疆走出去，见识到外面的世界，在这里与他的同学麦克结为终生挚友。高个子的麦克是上海人，后来移民到加拿大经商，他们每年都会相约见一面，无论天南海北。

为了迎接麦克，苏白院长亲自下厨包饺子，并烤制虹鳟鱼款待30多年的好友。他送给麦克一套当地人的传统衣帽，戴上白毡帽的麦克如同学者，穿上大衣则如部落首领。两个相聚海外的老同学开始掰手腕，最终身材瘦小的苏白胜利。

与苏白初次见面时，我带给他的见面礼是"兰贵人"绿茶。而他送给我的则是一幅国画写意花卉丝巾。在丝绸之路上相逢，丝绸、茶叶在千年之后再次不期而遇。

一双灰绿色的眼睛总是显得深邃，苏白已经在比什凯克生活了三年。过去吉尔吉斯斯坦的教学机构被国家汉办孔子学院"黄牌警告"过，两年仅有37人结业。如今，这里已经有22个教学点，将近7 000名学生。他喝了一口红酒，说自己从来不按照规矩行事，也正是因为这种特立独行的做事风格，使得他在错综复杂的国家、社会、学院、个人的关系中，在艰难险境中找到了发展路径。他做事的原则就是寻求跨越式的发展，要抓紧时间多做一点儿有用的事。他认为人的有效工作时间仅有50年，而人生一半的时间都已经睡过去了。他的兴

伊塞克湖畔民族文化中心内景

趣爱好就是工作工作再工作，这多少有些枯燥乏味，可是他并不觉得，并自感其乐。

对于未来的设想，他显得胸有成竹，希望能在吉尔吉斯斯坦建一座中国的大学，中国这些年在吉尔吉斯斯坦援建项目已经超过了十个亿，而文化的力量对于睦邻友好意义深远。

对于自己的工科背景他颇感自豪，认为在管理方面考虑问题会更加周到和全面，设计每一个步骤和环节的时候，都会考虑到应急预案，以备不测。

苏白的家

喜欢做菜的他认为一个做饭的人，家庭一般都会和睦。他招待最亲近客人的方式就是在家用餐。麦克来比什凯克的当天，我们被邀去苏白家里参加晚宴。围着围裙的他为我们开门，厨房里飘来饭菜的香味。他正在厨房里烧鱼汁，德国制造的煤气炉上，中国炒锅里煮着由红辣椒、皮牙子、蒜熬制的汤汁。

他对于美食有些挑剔，对于餐桌布置的情调更为讲究。每一次餐桌上都会注意摆盘，一定要摆上漂亮的餐巾和餐盘做装饰。除了美食之外，还一定得配有一瓶格调不俗的红酒。

不知不觉中，壁炉的木炭渐熄，几瓶红酒也喝干了。两只狗一直趴在客厅里，似乎也在倾听湖畔夜话。苏白起身带着两只爱狗外出小便，这时，我看到发着荧光的蓝黑色夜幕，层层黑云中突然发出一道光，像探照灯似的。云层后的月亮终于露出它的模样。只是那一瞬间，突然间感觉有些摇晃，以为是红酒的作用力，紧接着，又一次巨大的晃动，大家敏感地意识到可能发生了地震。就在大家惊恐不安的时候，苏白带着两只狗镇定地说："不用担心，只是一次小地震而已。"

第二天清晨。我在三楼尖顶小木屋的松香中醒来，推开窗即可看到远处幽蓝的伊塞克湖。餐厅里的电视新闻正在播报：（当地时间）9 月 20 日 22 点 31 分，发生 4.1 级地震，震中伊塞克湖。

费尔干纳盆地的落日

与比什凯克告别的早晨依然阴雾蒙蒙。登上从比什凯克到奥什的飞机，我的旅程又多了两个女伴：吉尔吉斯斯坦中国南方商会会长杨彩萍女士和樊立玲女士。一头赭红色的短发，笑容亲切温暖，她的声调在铿锵的俄语和温婉的江浙软语中切换，微微有点发福的杨会长显得干练机敏。40多分钟的高空飞行时间，我入神地听着她的讲述，在飞机滑入费尔干纳盆地的瞬间，我们相约下次见面。

接机的高双颖是孔子学院驻奥什的负责老师，她带我走进这个有着3 000多年历史及当下作为"中亚火药桶"的敏感区——奥什。

一、苏莱曼——石头花

奥什的气质和味道与比什凯克迥然不同，气温较比什凯克高，空气更为干燥。清真寺是市内修建得比较醒目的建筑，新月标志在阳光下光芒四射。繁华地段人流嘈杂，树下坐着从容的行乞者，看不出丝毫卑贱的神情。街头的妇女以披纱、穿民族服饰的居多，明晃晃的金牙使得笑容看起来灿烂无比，尤其一些妇女的手掌、脚掌心都用海娜花涂红，模样俏丽而明媚。

经过一条大街，我们惊喜地看到路两旁有很多枝叶婆娑的桑树，叶片后是低矮的土金色建筑，这场景与新疆南部一些地区相似。杨会长说这些古老的树是通过丝绸之路传来的，早在公元8世纪这里就以丝绸生产和加工而闻名于世。自苏联解体后，奥什每年出产蚕茧90吨；2000年后每年大约 60 吨。当地的乌兹别克人掌握了这种从中原引进的养殖技术，并说她的家乡浙江诸暨的商人每年都在此地回收蚕丝。

奥什地处吉尔吉斯斯坦南部的费尔干纳盆地，是吉尔吉斯斯坦第二大城市，乃古丝绸之路必经之地，西域三十六国之一的大宛国都城。汉朝时期称为贰师，其名在史籍中频频出现。汉朝大将李广利曾两次远征奥什，是为了获得大宛国的良种马——汗血宝马。汉武帝听说在遥远的西域，有一种可日行千里、长途奔袭的宝马，奔跑的时候全身通红，肩膀处涌出的汗液鲜红如血，如同一团流着血奔跑的火焰。于是派使团带了一尊纯金打造的马前往大宛国求良马，而大宛国国王未许，金马被劫，汉使被杀，汉武帝大怒，令李广利率兵攻打，却损兵折将。三年后，在敦煌养精蓄锐的李广利将军再次出征费尔干纳盆地，正值大宛国宫廷内部发生政变，新国王权衡利弊决定与汉朝议和，并约定每年向汉朝选送良马。汉军在大宛国选了三千骏马，这些马经长途跋涉，翻越天山，穿过戈壁，抵达玉门关的时候，仅有一千匹马存活。

汉朝得良马，从此在战争中掌握了主动权。尤其是解除了自秦朝以来匈奴扰边的噩梦，最终转败为胜，将匈奴赶出河西走廊。然而，随着时间

的推移，汗血宝马在中原却渐渐淡出视野。

乌兹别克小姑娘艾莉吉娅长着一双骏马般优美的大眼睛，她是高老师最喜欢的学生，见面就用带着京腔的汉语问候我。由于高老师要赶着去孔子学院上课，由这个喜欢汉语的小姑娘带我游览奥什城中的苏莱曼山。

苏莱曼山是吉尔吉斯斯坦唯一的世界文化遗产，位于奥什市区的中心地带。此山从城中拔地而起，海拔 1 140 米，整个奥什就是环绕着这座山铺展开来的。据说山上有两座公元 16 世纪建造的清真寺，被誉为旅行者的指示灯，此山被尊为圣山，有小麦加之称。

公元前 4 世纪，远征东方的马其顿王国的亚历山大抵达此地，感觉此地惬意，也许他认为到达这里即是征服了世界，便随口说了一句"够了"，当地人便以这句话的发音"奥什"来命名这座城。

帖木儿的六世孙、印度莫卧儿王朝的创立者巴布尔从这里开始对北印度的征服之战，据说他曾在苏莱曼山考虑过他的未来，并敏锐地得出如果局限于费尔干纳盆地，会约束他作为著名征服者后代远征天下、实现宏伟抱负的结论。他曾这样描述这座城："有许多传说谈到了奥什的精彩，奥什要塞的东南方是一座比例协调被称作巴拉科的山脉，在山脉的顶端，苏

丹穆罕默德汗建立了一处临时行宫，朝下在相同山脉的激荡下，我在伊斯兰教历 902 年（1496 年）建立了一座有柱廊的临时行宫。"

我们从北面大门进入，顶峰遥遥隐在斜坡之上的密林中，而必经的路上像动画片似的冒出一个又一个行乞者，眼神复杂地伸出手固执地挡在我们的面前。我低声问艾莉该怎么办，艾莉说不用给他们，往前走。当我们从由多个水缸连接在一起的"水之门"经过，准备跨入第二道门时，看见那绿荫中穹形拱顶的建筑上挂着一弯新月标志，门楣上贴着兰花白底的瓷砖，图案及拼花工艺仿若新疆哈密回王府。拾阶而上，高高的台阶上坐着一个老太太，身边放着一架拐杖，她老远看到我们，一边高声用乌兹别克语吟诵，一边双手祈祷。艾莉露出敬畏的神情，连忙掏钱包，说她是在祈求安拉保佑我们幸福平安。我随即拿出 10 索目，放在她面前的毡毯上。

她面色发红，笑吟吟地向我问话，艾莉说她问我从哪里来，为什么来这里，当对方听说我从中国来，是作家时，欣喜地伸出大拇指，又伸出双手祷告。

山不高，却很陡峭，路旁的石头被磨得光亮油滑，石阶狭窄，林木葱郁。迎面遇到一群前来朝拜的中老年妇女，扑面而来的笑容里金牙晃晃，其中一个妇女问我是不是照相的，可否给她们照张相。我这个照相的欣然同意，她们郑重地端坐，我让艾莉用乌兹别克语喊："一、二、三！笑！"她们对着相机笑成了一朵花。我提出和她们合影，其中一个中年女子说她们从卡达木加来，并问我从哪儿来，得知我是中国人的时候，非常热情地拉我进来，毫不生疏地抱

苏莱曼山

住我的腰。

　　山泉汩汩欲流的岩壁，围着很多虔诚等待的人，他们要用双手掬一捧清泉祈福。一个黑衣平头、高大敦实的中年男子，好奇地打量着我。当艾莉告诉他站在他面前的是来自中国的作家的时候，他显出崇敬之情，并说他喜欢看书，喜欢中国，希望将来有机会去中国见识一下。他递给我一瓶冰镇饮料，执意让我尝尝，说自己从来没有和作家面对面近距离接触过，所以一定要请我喝这种马克森（当地饮料）。马克森的口感有点酸涩，很像马奶酒，他看我喝饮料时的表情，发出宽容善意的笑。告别后，他又返回来认真地告诉我他的家乡在贾拉拉巴德，那里很美，希望我一定要去看看。

　　奥什的博物馆建在苏莱曼山的一个山洞里，外观整体设计巧妙而独特。阴凉的洞穴将炽烈的阳光隔离了，山的气息扑面而来，博物馆所呈现的考古、地理和历史文物藏品及动植物信息，感觉好似进入一座闪闪发光的宝库。一座城的历史文化脉络在这古老的洞穴中连成一条线，与丝绸之路文

在苏莱曼偶遇的当地妇女

化大动脉交叠重合。

登上苏莱曼山，俯视山下的城池，那如同棋盘环绕的市井，红尘滚滚皆在脚下，人烟鼎沸的城市与地平线遥遥相接。风袭来，林木簌响，一时间竟有众人皆醉我当独醒之感。蓦然，理解了那些来到这里即想要征服世界的人们，原来这座山是梦想的制高点。

二、奥什巴扎

在人流嘈杂的奥什巴扎，我恍若看到新疆南部那些尘土飞扬、杂乱无章却又生气勃勃的巴扎。低洼不平的路面，此起彼伏的叫卖声，汽车、人流一并混杂在巴扎这个消音器中，巴扎像是一座取之不尽用之不竭的宝库，人源源不断地涌进来，当然也包括我。

最先看到的是馕，这种伴随我行走丝路的食物，在任何一个地方看到它，都犹如见到亲人一般。无论是大如车轮的库车薄馕，还是我出门前装进背囊的热腾腾的"三兄弟"馕坑中的油馕，无论在何处，它们无一例外地散发着温暖而朴素的光芒和香味。而馕在奥什巴扎，却呈现出它最为丰富、动情的一面，大小、花纹、色泽都精美无比，如同艺术品。据说玄奘西去取经的路上，行囊中即装着这种经久

奥什巴扎上美丽的售货员

耐放的救命食物。在丝绸之路我国新疆到中亚沿线，馕已经成为人们生活中不可或缺的食物。每一次上路，行装里备上馕，便会感觉无比踏实。

酱红色的玛琳果是 55 岁的卡那特先生自己种的。他身体硬朗，眉目俊秀，坐在一堆鲜活的水果摊后，显得和蔼可亲。他说这种灌木植物很耐活，喜欢阳光，种在院子里可以长得比人还要高。卡那特笑吟吟地告诉我他有亲戚在乌鲁木齐，他曾去过那儿进货，还去过北京，见识过中国的富足和稠密的人群。

看到一种飞碟状的果蔬，不知道是什么。艾莉询问摊主，说是称为巴基索，大些的可炒菜吃，小的则用来腌菜，汉语叫西葫芦，约 60—80 索目一公斤，合人民币约一元钱。

巴扎上物品丰富，琳琅满目，这家当地最大的集贸批发市场，由菜市、日用品、水果、干果、服装、肉市等不同市场组成。土耳其红茶、咖

啡，俄罗斯红肠肉，德国的洗碗布，意大利的通心粉以及熟悉的 MADE IN CHINA 商品应有尽有。据说市场上大约百分之八十的商品来自中国，而这里也是中国假冒伪劣商品的集散地。逛街是女人的最爱，只在这些五光十色的货品中徜徉都是一种享受，在这里迎面相遇的多数是女人，女人撬动世界的经济，女人们提起菜价，是购物的主力。时不时地还会听到有人用汉语"你好、你好"的友好问候，甚至还能听到商贩对着我说出的"北京、西安"的汉语。

吉芭拉是典型的吉尔吉斯美女，她正热情地招呼着我们，身后货架上诱惑女人们掏钱包的化妆品是她俊美容貌的背景。她的先生巴克吉亚勒是个帅小伙，34 岁的时候还自己开车给市场送货，非常辛苦。小夫妻俩白手起家，七年前买下这家店铺，做化妆品的零售批发生意，除了在迪拜、俄罗斯进货外，巴克吉亚勒曾去过北京、广州进货，他摇着头说中国人太多太密，北京太大，广州太热。目前他们除了本土商家还有发往阿拉木图的货品，一些中国商人也在他的店铺订货。

巴扎是个与人交流的好地方，与当地人聊天是件非常愉快的事，活泼的艾莉是我的小帮手。对于中国这个与当地仅有一山之隔的邻邦，许多人都表示很向往，却感到很遥远，在他们的意识中似乎去俄罗斯比去中国更容易。

巴扎上温情的父子

三、新丝路的传奇女商人

从奥什巴扎走出，回过头看是源源不断的人流。坐上杨彩萍会长的车，要去的卡拉苏距市区还有十几公里。路上就听司机介绍说，当地商人中流传"有难找杨姐"，因为杨会长是个乐于助人的"大姐大"。

杨会长在自己的办公室等我，蓝花玻璃杯里泡着的铁观音茶袅袅生香。还没说几句，她委屈的眼泪不由自主地淌下来。说到自己初来吉尔吉斯斯坦的渊源，竟是为了追回260万的债款，从新疆伊犁中亚市场追到比什凯克，当时一句吉尔吉斯语都不会说，更别说俄语了，除了不甚标准的普通话之外，她几乎无法与他人交流。

举目无亲的她住在一户东干人家中，热心的东干人给了她很多帮助。晚上教会她白天要用的俄语单词、短语、句子，白天就揣着这刚学会的几句话外出讨债。为了适应异地生活，倔强的她几乎在一个晚上就把俄语的

杨彩萍会长

日常用语全部背会了，一个月竟然瘦了20多斤。而她的债主是吉尔吉斯商人，曾经是她在中亚市场的大客户，看到她从新疆一路追到家门口，双手一摊，无可奈何地告知金融危机、手头拮据，没有钱还账，继而劝她在此地做生意。万般无奈的情况下，她只好在比什凯克的多伦多市场做起生意。当时整个市场仅有她一个中国人，生意并不景气，而敏锐的她发现大宗货品均发往奥什，于是大胆地将投资视野放在奥什。

也许她骨子里天生就有一种不服输、敢作敢为的因子，还在少女时代，就喜欢看毛泽东传记。第一次的生意是用借来的150元钱买了一部手摇织袜机，夏天做薄袜，冬天做毛巾袜，做好了就骑着自行车跑15公里的路去集市上卖。这150元钱不到两个月就赚回来了。她的父母都是老实巴交的农民，哥嫂在乡下教书，家里没有一个做生意的人，而这个小姑娘却天生很有主见，她不能忍受在工厂里做织布女工，朝五晚九一个月只拿几十元钱工资的生活。她的目标是去义乌，是远方，是外面未知的世界。

从义乌到上海，从上海又坐上开往乌鲁木齐的硬座火车，从南到北，从东到西干燥的气候使得她鼻血不止。在乌鲁木齐商贸城转了不到两个小时，她果断地做出不在此地发展的决定。于是，一路往西，直奔伊犁霍尔果斯口岸，在这里看到来自中亚的各国商人都在此进货，尤以吉尔吉斯斯坦的商人货品需求量最大，商机促使她决定在此地生根。

从丝绸的故乡来到丝绸之路的必经之地，杨会长说自己似乎被什么东西一路推着往前走。她在奥什巴扎先开了一家货运部，那时中国商人地位低下，有时甚至连拉车的当地人都会欺负中国人。这时，她突然意识到中国人为什么不自己开一家集贸市场呢？说干就干，于是"红太阳"集贸市场在卡拉苏口岸诞生了。人气最旺的时候有一千多个摊位，来自深圳产的手机配件，从义乌来的文化用品、日用百货，从诸暨发来的纺织品，均汇集在这座古老的丝绸之路重镇上，货品辐射中亚几国，乌兹别克斯坦、塔吉克斯坦、哈萨克斯坦的商人经常会光顾此地。

"红太阳"
中国市场一景

时间过得很快，转眼已经三点半，我提议去"红太阳"市场看看，杨会长说市场一般三点钟就下班了，不过去看看外观也好。然而眼前的"红太阳"与下午炽烈的白光一样让人打不起精神，这个占地30亩的市场，与其说是市场，不如说更像一座城堡。看门的乌兹别克人显得非常殷勤，走进市场大门，一些店铺门锁紧闭，一些店铺正在收摊，来往人流匆匆而过，偌大的市场最终似乎只剩下自己人了。

用上下两个集装箱制成的商摊，构建出一条条商品街区。卖手机配件的小周还在密密麻麻的商品中忙碌着。他手持工具，说自己正在"救"一部手机。这个来自新疆塔城的小伙子似乎对自己的现状并不太满意，他摇摇头说人太少了，比过去至少少了一半的客源。问其原因，他警惕地说：自从2010年发生暴乱后，局势动荡，金融危机，导致生意一落千丈，"红太阳"

市场艰难度日，目前仅有两百多个摊户。他心有余悸地回想起当时所有的中国商人被送到北京宾馆，中国政府派了四架飞机将他们接回国的紧迫场景。

杨会长说晚上大唐商城的赵工请客吃饭，邀我一起去上海餐厅。在她去换衣服的间隙，我浏览了商户们的餐厅，这里除了可以吃饭，还有卡拉OK、麻将室，几个商户正聚在麻将室里打着麻将，中国人走到哪里就会把麻将带到哪里。一个中年妇女悻悻而去，说一会儿时间就输掉了一万索目（约200美金）。

车还未到上海餐厅，就得知地点改换到北京饭店。席间，赵工用幽默的口吻说：上海大厨原本正在后堂炒菜，却偏有人来查劳动卡，大厨没有随身带，被索要1万索目的罚款，大厨和老板不服，于是被带去警察局，扔下半桌饭菜和客人……

这个话题听来既滑稽又心酸，杨会长说这种现象对于经商的中国人却很常见。自从来到奥什之后，发现来自中国浙江、福建、新疆的商人很多，却对当地法律政策不甚了解，经常出现一些用工纠纷和不必要的矛盾。于是，她决定成立商会，为广大商户排忧解难。2009年，她用了一个月的时间与税务部门打官司，她认为做人做事要有原则，只要自己有理，绝不低头。在这场原本不对等的官司中，她据理力争，性格当中的刚直、豪爽以及处变不惊的风范和智慧体现得淋漓尽致。

在杯盘酒宴中匆匆告别，一轮红日淹没在费尔干纳盆地。在异乡，与新结识的朋友——拥抱祝福。再见，而明日，明日又隔天涯。

第四辑

地中海千年古城的前世今生

金苹果、美女与木马——安塔利亚·特洛伊古城

从酷热无比的阿拉伯沙漠到地中海沿岸的安塔利亚，两个小时的飞行时间却有着"一半火焰，一半海水"的深刻体验。与热情燃烧的沙漠酷暑相比，安塔利亚凉爽的海风、碧蓝的海面、休闲的海滨让人感觉似乎进了天堂。

安塔利亚

被群山环绕的安塔利亚，成行的棕榈树构出一条条林荫大道，海风轻抚，蓝色的地中海让人心旷神怡，安塔利亚，让我一见倾心。

安塔利亚地处安塔利亚海湾翠绿的沿岸平原，建于公元前2世纪，早期的希悌人曾在此定居。特洛伊战争后，公元前7世纪的希腊人征服了这里。一个世纪后，派尔格城建成。随后，波斯人和亚历山大大帝等相继成为该城主人。公元前2至公元3世纪，罗马人来到这里，并开启了这座城最辉煌的时期。公元5—6世纪，基督教传播至此。15世纪后，奥斯曼人最终控制了此地。可见，人类历史上最辉煌的文明普照，安塔利亚都曾沐浴过。在东罗马帝国时期与奥斯曼帝国时期，安塔利亚是东地中海的重要港口。

安塔利亚这样静美的小城适合漫无边际的行走，无目的的闲逛，适合不疾不徐的心情，在这里一切都是这般惬意安然。店铺门前鲜花盛开，临

街长椅上，抽水烟的土耳其男子正把自己交给一段消隐的时间。远处的堤岸，日夜不息的地中海拍击着安塔利亚港湾。

找到了一座有两千年历史的罗马时期的哈德良门，此门修建于罗马皇帝哈德良统治时期，通过这里可以进入迷人的安塔利亚老城。马车踢踏而过，鹅卵石的路面回旋地伸向远方，听到大清真寺的诵经声，大有恍若隔世之感。

大清真寺的尖塔是安塔利亚重要的地标，建于公元 13 世纪早期，由塞尔柱苏丹阿拉丁·凯库巴德一世主持修建，造型精美。希迪尔利克塔位于安塔利亚老城西南的海边，建在古城墙上。在公元 1 世纪的城堡里，谁会站在高耸的塔楼瞭望遥远的地平线？

安塔利亚海滩停着许多船艇，招徕生意的船长向我们发出邀请，得知

我来自中国，很热情地告知我，他的爷爷的爷爷是一名船长，曾经从这个港口去过中国的上海。

有人躺在巨大的岩石上尽享日光浴，海水湛蓝，白浪逐岸。堤岸上偶遇当地男子布兰迪，非常配合地成了照片中的模特。由于语言不通，我们使用手机翻译软件沟通，在浩荡的海风中，彼此都非常好奇对方的出现。今年32岁的布兰迪显得平和耐心，一双湛蓝的眼睛与海水一样耀目。在海边的小茶馆里，喝一杯土耳其红茶，听一段古城的往事。

四千多年前的一个早晨，又一轮太阳从爱琴海上升起，却让特洛伊人感觉是一个奇怪的早晨。在长达十年的硝烟战火中，特洛伊人的每一个早晨几乎都是在厮杀、战鼓、马蹄中惊醒的，而这个早晨之所以奇怪，在于它异常的宁静，以至于特洛伊人忘记了爱琴海的早晨原本就该如此。

特洛伊木马

更使他们感到奇怪的是，希腊联军的战舰突然扬帆撤离了，喧嚣的战场除了丝绸般不断涌来的蓝色海浪，只有海滩上一只巨大的木马。

特洛伊人惊讶地围住木马，他们不知道这只木马是干什么用的。在大家纷纷猜测的时候，几个牧人捉住了一个希腊人，他被绑着去见特洛伊国王。这个希腊人告诉国王，这木马原本是希腊人祭祀雅典娜女神的，而他们估计特洛伊人会毁掉它，这样就会引起天神的愤怒，降罪于特洛伊城。

布兰迪

如果特洛伊人把木马拉进城里，就会给特洛伊人带来神的赐福，所以希腊人把木马造得非常巨大，使特洛伊人无法拉进城去。特洛伊国王相信了，正准备把木马拉进城时，祭司拉奥孔制止，他要求把木马烧掉，并拿长矛刺向木马。木马发出了可怕的响声，这时从海里窜出两条可怕的蛇，扑向拉奥孔和他的两个儿子。拉奥孔和他的儿子拼命和巨蛇搏斗，但很快被蛇缠死了。两条巨蛇从容地钻到雅典娜女神的雕像下，不见了。

希腊人说："这是因为他想毁掉献给女神的礼物，所以得到了惩罚。"特洛伊人完全相信了希腊人，赶紧把木马往城里拉。但木马实在太大了，比城墙还高，只好把城墙拆开一段。当天晚上，特洛伊人欢天喜地，以为好日子从此就要来了，于是庆祝胜利。他们跳着唱着，喝光了一桶又一桶酒，直到深夜才回家休息，做着关于和平的美梦。

安塔利亚街景

月黑风高夜，那个希腊人走到木马边，轻轻地敲了三下，藏在木马中全副武装的希腊战士一个又一个地跳了出来。他们悄悄地摸向城门，杀了睡梦中的守军，迅速打开城门，并在城里到处点火。隐蔽在附近的大批希腊军队如潮水般涌入特洛伊城。希腊人将特洛伊城掠夺成空，烧成一片灰烬。男人被杀死，妇女和儿童被卖为奴隶，成箱的财宝都装进了希腊人的战舰。

诗人荷马用史诗的形式记载了这个传说，因为一个美女引发了一场战

争。最终，希腊人的木马把抵抗了十年之久的特洛伊城给灭了。战争源于女人，源自一只金苹果，源自于人与神的妒忌、贪欲和残忍的复杂天性。被冠以爱情与权利争夺的粉饰，最终使一座城陨落。在这场人神叠加、传说与现实交织的场景中，真实与虚构，都在这古老的爱琴海上升起又落下。虽然，人类的争夺与信仰的力量让事态变得更加复杂，希腊的神总会一边点火一边伺机撤退，直到人类进退两难，无法控制，求神祈福。也许，在那个时代，人与神之间的距离是如此接近，神参与到世俗生活中可谓面面俱到，这似乎是我们今天现代人的渴望和奢求。因为，好久没有听到神的声音了。

爱琴海旁的卡兹山，层峦叠嶂，山路蜿蜒，视线随着山路的起伏而逐渐升高，目光所及的爱琴海是一片湿润的仙女蓝。

走进特洛伊遗址，一只巨大的木马安静地伫立在那里，好像那个让特洛伊人感觉奇怪的早晨。已经被时光卸掉所有杀气和暴虐的木马，现在已经成为游人观光拍照的景点。一只狗慵懒地倒躺在特洛伊木马旁熟睡，它的梦里可否有马？孩子们打开木马肚子上暗藏的门，去体验希腊士兵如何

特洛伊遗址

不动声色地藏在木马的肚子里，手持利刃准备在最佳的时机跳出来。

顺着一条土路走进古城，这个全世界都知道的古城，其实并不大，也没有传说中的辉煌。与之巨大声名形成鲜明对比的是沧桑和破败，残垣断壁袒露着古城之痛。据说这里原本有海，后来海干涸了，露出了陆地。这儿的风常年往一个地方吹，对于风的走向，人们一直奉其为神启。于是风往哪儿吹，人就往哪儿走。

1860年，希尔曼在此发了一笔横财，他随着海涛逐风而来，这座封存的相对完好的古城令他睁大了眼睛，至今许多城墙的碎片还躺在莫斯科的博物馆里。

公元前8世纪,希腊诗人荷马写下了两大史诗《伊里亚特》与《奥德赛》。凭着荷马史诗的指点，考古学家不仅考证了希腊人用木马计攻陷特洛伊城的历史事实，挖掘出湮没两千多年的特洛伊城遗址，找到了"普里阿摩斯宝藏"，而且在伯罗奔尼撒半岛的山谷中发现了迈锡尼王阿伽门农的坟墓，

打开了埋藏 3 000 年之久的地下宝库。

对于特洛伊古城，文人极尽笔墨，特洛伊湮灭的事实似乎比活着更有噱头，宝藏、秘密、爱情、阴谋、幻灭……悲剧和眼泪比任何时候都更牵引人心。在历史与神话传说中游走，我面前的特洛伊古城竟是如此脆弱、宁静，宛若一个害怕犯错的无辜女孩。

如果将眼前残损的隧道、凌乱的廊柱复原，这座地中海沿岸古老的城池的确是人神共欢的宝地，可是这里最终又成了权利与利益的角斗场。

阳光暴虐，海风吹拂着残石下的荒草，我的影子投射在古城之上。这座古城，除了传说，只有沧桑。

《圣经》中的古城——以弗所·艾菲斯

来到《圣经》中记载的地名：以弗所。《新约》中"以弗所书"记载的地方，被教徒认为是真正的圣地，耶稣的门徒老约翰在此度过了他的晚年；使徒保罗曾两次经过这里；圣母玛利亚在以弗所终老其身。天主教认为以弗所是耶稣之母最后的家，基督徒更把这里尊为"母亲城"。这里是陆上丝绸之路的终点，从长安辗转而来的驼队，到达爱琴海沿岸的港口以弗所，那些来自东方的丝绸、茶叶从这里通过水路运往欧洲。

远眺以弗所

在福音传到以弗所之前，这里曾是多神崇拜的地方。据说天上有块陨石掉在以弗所，人们并不惧怕，围着这块天外之石啧啧赞叹，认为是天神宙斯送给他们的礼物。那时候，人们信奉库柏勒大神母——安纳托利亚的丰收女神和阿尔特弥斯。月亮女神阿尔特弥斯是艾菲斯城的保护神，主管自然、贞洁和生育，是妇女们最爱的女神，据说她浑身布满了象征生育、繁殖和性力的乳房。在偶像崇拜与邪术之风盛行的时代，阿尔特弥斯神庙吸引了千万崇拜者。古城中制造女神银龛的生意也很兴旺，许多当地人依靠女神为生。

公元前 11 世纪，爱奥尼亚人选择了这片土地，在小亚细亚建起了一座以海港为中心的城邦。这里也是罗马帝国的东西交通要道，海陆货运的转运站，丝绸之路的枢纽。据说罗马时代的以弗所是一个拥有 30 多万人口的大城市，人口密集，商贾不断，在交通、文化、经济方面都处于世界文明的前沿和中心。

途经薛杰林的小镇，这里曾是希腊人祖祖辈辈居住的地方，希腊式的白色房屋沿山势层层叠叠，希腊人在这里广种果园。在一座奥斯曼帝国时期建的塞尔丘克古城堡下，大片鲜桃林正值丰收季，农人正在采摘果实，有的提着装满仙桃的桶，露出淳朴的笑容，向游人兜售。在桃林外的一家餐厅用餐，敞开的窗口恰好可以眺望小山上的古堡城墙。由于鲜果成林，当地人一直沿袭着酿造美味果酒的习俗。所以走进以弗所，空气中带有一种香甜纯美的气息。小镇居民连不穿的旧皮鞋都会装点成栽培花草的摇篮，家家户户的门前鲜花浓艳，绿树成荫，从任何一个角度看都是一幅赏心悦目的画。

圣母玛利亚故居

双脚真实地踏上了这个在书本中鼎鼎大名且影响世界的地方，这个因以弗所而闻名的地理坐标，曾是雅典人在罗马时代占据的领地，是亚细亚省的首府和罗马总督驻地。圣母玛利亚的故居离塞尔丘克小镇7公里。在玛利亚之家，这个影响世界的女人的居所是如此幽明而简朴，凝视着壁画上她那优美的神态和温柔的眼神，一个伟大母亲身上的力量是包容和温柔。传说圣母玛利亚在耶稣升天之后，迁居此处，此地成为圣母晚年归隐的居所。《以弗所

书》提到圣母玛利亚和施洗者圣约翰都在以弗所终老。许多欧洲人到以弗所寻找圣母的故居和坟墓，当时一位德国人根据《圣经》中提到的玛利亚小屋旁水源的线索，在林中跟随着一条溪流找到了这间小屋。然而发现时，这里已被盗墓贼抢先了。

从塞尔丘克来到艾菲斯古城，这座公元前800年的古城遗址与同一时代的建筑遗址相比保存得相对完好。当年雅典国王阿尔迪乌向先哲请教哪里适合爱奥尼亚人居住时，先哲说："鱼会给你提示"。当他在山间准备午饭时，一条鱼突然从烤炉跳到地上。阿尔迪乌顿时大悟，于是决定在此兴建居所。之后这里日益兴旺，在公元前800年成为世界上最繁华的都市、文明程度最高的地区。

进入赫丘力斯之门，有两位门神是大力士赫丘力斯，古城内石阶路面倾斜不平，布兰迪告诉我：这是将士的马道，千年前的一场大地震破坏了这座城。顶着烈日跟跟跄跄地走在石块凹凸的坡道上，仿佛听到马蹄踏在大理石路面时发出的清脆声响，想象着古人骑马列队的骄容和威仪。

沿着宽阔的石道，两旁残破的石雕上凿刻着希腊神话故事里的诸神。海末斯是掌管医药、农业和小偷的神，左手拿着墨丘利神杖，另一只手臂上缠绕着毒蛇。幸运女神也出现在这里……诸神神态各异，性格迥异。这些由人类幻想造就的神，是早期人们精神的寄托和支撑，然而究竟有多少真的在帮助人类，那就要看各人的认知。

希腊神像

漫步古城，宽敞的大理石街道，气势恢宏的残垣断壁，昔日都市的繁华景象似乎尽在眼前。从古老的交易市场入口向里走，两旁伫立着爱奥尼亚建筑破败的回廊，一步步地似乎走进古希腊和罗马的时光隧道中去。这条著名的库里尔大街，是当年艾菲斯城中最宽阔的一条主街。街道两侧一度布满遮风避雨的柱廊和人声鼎沸的商店，商铺林立的街市人来人往，豪华的娱乐场所红男绿女，繁荣的集市上以贝壳换果蔬和果酒，总有喝的酩酊大醉的酒徒睡在草坪上。房前柱后照明的街灯，富丽堂皇的贵族别墅，运动场上人们喊声不断，还有读书人喜欢的图书馆，在纸莎草和羊皮卷的书中可以读到古希腊先哲的教诲……

大理石路的尽头是世界上最大的古代剧场之一。剧场坐落在山坡上，入口是一座罗马拱顶式建筑。使徒保罗曾在古城露天剧场上传经布道，这里可容纳 25 000 位观众，观众席沿山势逐渐升高。在演讲前保罗祈求以弗所教会的同工们为他祷告："为我祈求，使我得着口才，能以放胆开口讲明福音的奥秘，并使我照着当尽的本分放胆讲论。"

剧场的传音设计非常先进，站在台中说话或唱歌不必使用扩音器，每个座位都可以清楚听到。保罗在场内传递福音，他呼喊着让人们悔改，回到圣洁神的面前。大家同声喊着说"大哉以弗所人的亚底米阿"，如此约有两小时。两个小时，试想那是什么样的场景？众人的声浪必震耳欲聋，淹没了海浪拍击海岸的声音。

古竞技场在地震中遭到严重的破坏。从一间低矮的暗门经过，据说旁边的暗道是关野兽的地方，至今走过似乎仍能感受到野兽不安的咆哮声和血红的兽眼。空旷的椭圆形竞技场，喧嚣的气息似乎还未散尽，坐在石阶上，

古竞技场

心神恍惚，曾经在这里，人与人斗，人与兽斗，兽与兽斗，一派暴虐血腥气息。据说战斗的动物多用野猪，以弗所一带的森林里常有野猪出没。而今每年冬天，都会在这里举办土耳其一年一度的骆驼摔跤冠军赛。人与兽斗的历史也许已经翻过去了，丝绸之路上温顺的骆驼在这里再次成为主场。

艾菲斯古城中的图书馆是城中较为显赫的建筑，辉煌的外观让人肃然起敬，2 000 年前的规模仅次于埃及亚历山大图书馆。站在智慧女神的雕像下，仰视巨大的廊柱，那柱子中间粗、两边细，精致的雕花令人不由得心生愉悦。正面 4 座精美的女神雕像分别代表博学、智慧、科学、耐心。这座图书馆修建于公元 2 世纪，是一位罗马领事为了纪念他的父亲而修建的，图书馆建在其爱读书的慈父的墓地上，名塞而瑟斯图书馆。

和所有盛极而衰的古城命运一样，古城中的塞而瑟斯图书馆也遭受过地震、火灾的洗劫。1972 年由奥地利人对之进行了彻底修复，据说每一块石片都得到了复原，砌回到原来的位置上，所以里面的多数文物都在奥地利维也纳国立博物馆中保存。

面朝东方，阅览室可以充分利用早晨的光线，让读书人饱读诗书。如果不是有太多的游人，那么坐在廊柱下，在这里慢慢地读一本书，喝一杯咖啡，沐着海风，眼睛疲惫的时候眺望远处湛蓝的爱琴海，该是多么惬意的事。图书馆有个地下通道通向旁边的一幢被考古学家认定为酒吧或妓院的建筑，关于这个

推测有些笑料：当时有人如想去妓院，就说：我去图书馆。可见，无论是东方还是西方，才子永远抵御不了红楼的诱惑。

大理石街上有个标志，诸说不一，但都与那座妓院有关。石砖上刻着一只脚，可能代表着方向，那脚印是成年人的尺寸，也许是意指只有成年人才可进入？旁边有个女人头，应该代表着女人；女人下面的方块，可能代表着钱币；左上的符号代表心。这样的图案是不是可以理解为：用钱买女人的心，请往前走？这大概是最早的商业广告或者路标指示牌吧。当然如果男人顺着这条路行径，势必会引起家人注意，那么迂回地先进图书馆似乎也是一种堂而皇之的策略。

神庙旁有一条小巷，两边是白色的石墙，一道小门后竟然是古城的公共厕所。这个公厕不是我们常见的蹲厕，而是可以坐下方便的，靠墙一溜铺着整块青石板，下面接水道，便于清洁，只是这里只有男厕没有女厕。

公共厕所的旁边是传说中的土耳其浴室，为了照顾洗浴者的不同需求，有不同水温的房间。水是通过地下管道引进室内水塘的，水塘下面是空的，便于烧火。从上面可以看到一个个由砖头垒砌而成的券洞，整个浴室的地下全是空心。我在海边的一家土耳其浴室体验了一次这种古老的洗浴法，发现之前被地中海暴虐阳光晒伤的皮肤竟然奇迹般地复原，漂亮的女侍者说这个浴室使用了当时王公贵族才用的香料。

古城中世界七大奇迹之一的阿尔忒弥斯神庙，只留下一些不起眼的残柱。神庙中的大部分艺术品都被英国人掠走，收藏在大英博物馆里。

行走在巨石铺就的古街，如同漫步在一首波澜壮阔的史诗中，整个遗址被挖掘、研究、保存得相对完整，所以在这里历史似乎并没有被割裂，远古时空被拉近了。我不由得发出疑问：如此辉煌的人类文明为什么成为今天的废墟？人们为什么要放弃自己苦心缔造的家园？

古城的多舛命运在考古学家的分析中非常清晰：重大火灾、多场毁灭性地震、全城瘟疫，足可以掐断一座城的生命力，而最终使古城被完全遗弃的原因是 6 世纪，古城港口完全被注入爱琴海的泥沙淤满，奄奄一息的古城终被遗弃。

望着苍凉的古城，想起神的话：万物都将废去，惟有我的话永存。

诗人荷马的故乡——伊兹密尔·贝尔加马古城

少年时曾描摹过荷马的石膏头像，深陷的眼窝，密而卷的头发与胡子连为一体。挺直的鼻梁，显得忧郁而深邃。当我在纸上一笔笔画下他的模样时，我知道这尊石膏头像是古希腊诗人荷马，他用看不见的盲眼和诗意在地中海沿岸吟诵着世界上最早的叙事长诗。

也许他看不见眼前的物质世界，而世界却在朝着他吟唱的路径发光。一直以来荷马史诗被西方人尊为古典文学中最伟大的史诗。维克多·雨果说："世界诞生，荷马高歌。他是迎来这曙光的鸟。"

步入伊兹密尔，不由得心澈澄明，不仅是因为那百看不厌的蓝色海域，还因为这里是荷马的故乡，看着那在绿荫鲜花中的白房子，悠长的鹅卵石街道，期待能在阳光、海风、碧海、沙滩中与诗人不期而遇，究竟是什么养分进入盲人诗人的血液？

伊兹密尔是爱琴海沿岸最古老的城市之一，5 000 年的悠久历史与中国古代文明一样辉煌。伊兹密尔古称士麦那，"士麦那"在古希腊文学家卢西奥诺斯和古罗马雄辩家普林尼的眼中是美丽和光明的代名词，而这个人

沙阿特·库勒斯钟塔

棉花堡温泉

人向往的宝地和花园同时也是兵家必争之地。

最早选择把这里当作家园的是希腊人，却被爱奥尼亚人夺取，建立了城池；公元前 1500 年，赫梯人横扫小亚细亚；公元前 1000 年，古希腊著名诗人荷马定居于此，写下了伟大的作品《伊利亚特》和《奥德赛》；公元前 600 年，小亚细亚的吕底亚帝国征服伊兹密尔，并下令消灭希腊人的文化痕迹，神与神庙只好远离这些诋毁他们的人；吕底亚帝国被波斯大帝居鲁士所灭，波斯人成了伊兹密尔的主人；公元前 4 世纪，马其顿帝国亚历山大大帝赶走了波斯人，占领伊兹密尔；公元 4 世纪，拜占庭帝国统治伊兹密尔；公元 11 世纪，塞尔柱帝国亲王查卡贝伊受封，镇守伊兹密尔；公元 11 世纪至 15 世纪初，伊兹密尔经受了拜占庭帝国的反扑，十字军劫掠，威尼斯军队入侵，帖木儿蒙古骑兵狂飙等；1415 年，奥斯曼帝国苏丹·迈赫麦特切莱比率军夺取伊兹密尔。土耳其人带来了伊斯兰教，直至第一次世界大战后奥斯曼帝国覆灭，伊兹密尔又被希腊人伺机占领；1923 年，被誉为土耳其国父的凯末尔击败希腊占领军，将伊兹密尔复归土耳其版图。

进入伊兹密尔市中心，最先看到的坐落在康纳克广场的沙阿特·库勒斯钟塔，那是伊兹密尔的象征，带有典型的后期鄂图曼精巧繁复的设计特点，那悠扬的钟声，那巡行往返的指针，自 1901 年建成之日起，即伴随着伊兹密尔人的每一分每一秒。在这里，时间似乎复归了原本的状态，不紧不慢，有条不紊。旁边的市政府大楼并不起眼，另一座大楼前停着几辆警车，很显然这里是警察局。不愧为文化深厚之地，伊兹密尔的警察都显得非常绅士和善，他们很配合地与我们合影，这似乎在世界范围内都不多见。

广场旁的绿地，一人一狗正躺在草坪上酣睡。他们熟睡的姿态，不知是谁在模仿谁。沐浴着爱琴海的灿烂阳光，那梦一定酣畅淋漓、香甜无比吧！警察局旁边是当地最大的一条集市，人流相对密集，金光闪闪、五光十色的商品可以体会到当地人的热情和诚恳。在一家小书店驻足，惊喜地看到中文与土耳其语对照的书籍。在地中海沿岸，音律优美的土耳其语始终与我隔着一道朦胧的纱帘。老板热情地为我找出一摞关于学习土耳其语的书，他的模样仿若我曾经画过的石膏像。蓦然想起了荷马，眼前这个其貌不扬的中年男子眼睛里有光，如果荷马不是盲眼，那眼神也一定会是这般深邃、明净而浓烈吧。

街头上的狗乖乖卧在那儿，不叫也不好奇，显得疏懒又惬意。对我们感兴趣的是这只猫，它总是围着虎儿转来转去，跟随着我们走了长长的一条街。

从伊兹密尔市区来到贝尔加马古城，仿佛是一场时空穿越，愈走愈空旷的布景，愈走愈稀少的人烟，旅行车沿着高速公路往前开，而我们则朝着历史的隧道向后退。贝尔加马古城作为爱奥尼亚、希腊、罗马、东罗马、拜占庭和奥斯曼帝国的卫城，被列入联合国教科文组织世界文化遗产名录。

贝尔加马卫城之所以能够被列为世界文化遗产，主要是因为以三百多米高的斜坡上修建的城堡为城。城堡分为三个建筑层，顶层有保护森严的宫殿、神殿和蓄水池，国王、贵族阶层、教士、指挥官及其家属居住在上层，即上层社会；中层建筑包括神殿、教育机构，如体育馆和教区；最下层是老百姓聚居区和集市。这种依山而建,层次分明,区域明确的城市规划，在当时属于世界先进文化。据考古预测，希腊时期的古城人口为四千万人左右，而罗马时期人口则高达八千多万。

终日面临爱琴海的贝尔加马（也被称为白加孟），在公元前 2 世纪时盛极一时，曾经是爱琴海北部的文化、商业和医药中心。卫城建在一座山丘上，乘坐缆车只需 10 分钟。登高远望，鸟瞰众生，古城尽收眼底，气势宏伟。

贝尔加马的兴盛时期在公元前 200 年前后，大约是秦始皇统一中国的时代。眼前的一段城墙已经倒塌，断垣残壁中的古城墙类似中国长城上的砖石，曾经的宫殿和城墙，如今只有一地碎石。站在城墙的遗址上，可以看到下方的湖和水库，面积很大，是古城的水源地。这里没有居民区、建筑物和工厂。那时古人就已经意识到水是城的命脉，这里还有古罗马水道系统遗迹，古罗马人根据密封容器规律，无须水泵，水便可借助本身压力到达目的地卫城山顶，这种先进的水利系统工程，堪比中国先秦时期的都江堰水利工程。

城墙外侧有五个用石头垒砌的军火库和军营，是在欧迈尼斯一世和二世期间修建的用来保护古城的要地，可以看到 13 种不同口径的石质炮弹。据说，此城堡由于严密的防御系统，从未被外敌攻克过。

穿过军火库，顺着山顶返回城内，迎面而见的是城中最宏伟的建筑——图拉真神庙。巨大的科林斯廊柱高耸入天，一半是精美的雕刻一半是残缺的遗憾。站在神殿前的露台向远处眺望，可以看到露台剧场的宏伟拱券和一条通往医神阿斯克勒皮俄斯神庙的路。这附近还有狄奥尼索斯神庙和雅典娜神庙，尽管有些神庙只剩下几根巨大的柱子，依然可以想象当年神庙的壮美。经过岁月轮回，斑驳的巨石依旧雪白，在蓝天下分外耀眼。

希腊雅典卫城山上，有著名的雅典娜巴特农神庙。而在贝尔加马山上的卫城，同样有雅典娜神庙和宙斯的祭坛，且都是按照希腊神庙风格建造的。

雅典娜神庙

宙斯祭坛也称为帕加马祭坛，这座当年祭祀宙斯的华美神殿现在只剩下几根廊柱，撑着一个残缺的屋檐，在蓝天白云的衬托下，显得格外凄美。祭坛按照希腊古代建筑精工雕琢，由国王阿塔罗斯二世兴建，U字形的建筑设计，上层是爱奥尼亚式的柱廊，柱廊下为高约6米的台座。台座上部刻有一条巨大的高浮雕壁带，描绘诸神与巨人间的神话战争。关于帕加马巨人之战在希腊神话中有描述，而这些用大

宙斯祭坛

理石材质制作的古罗马雕塑，高度比真人还要高大，更像是三维雕像，精美的服饰雕刻，衣褶生动如行云流水，可惜许多雕塑的人头已经不知所踪。由此可见，当时这里的工匠雕刻水平技艺高超，贝尔加马的雕刻学校在整个地中海沿岸声名鹊起，出自该校的雕塑作品总会被罗马人复制。

阿斯克勒皮俄斯神庙供着的医神是古希腊神话光明之神阿波罗之子，据说当时神庙提供治疗各种疾病的疗法，甚至包括按摩、日光浴、泥疗、使用药草和药膏等，为患者排忧解难，功能如同现在的医院，所以一些身患疾病的人专程到这座神庙拜神求医治病。

曾经装满国王阿塔鲁斯收集的20万册羊皮书的贝尔加马图书馆，目前仅存几根圆柱。当年尤美能斯二世建造的世界第二大图书馆，仅次于埃

及亚历山大图书馆，不但藏书丰富，且还邀请当时著名的艺术家、哲学家、学者和科学家到此定居，或体验生活、创作。这些作家在此完成的作品，被人快速地用莎草纸抄写后，重新归还作者。《荷马史诗》也许就是如此写就的？这对地中海另一端的埃及亚历山大图书馆的盟主地位产生了严重的威胁，于是埃及人限制甚至停止纸莎草的出口，以免贝尔加马的图书馆规模超过自己。

聪明的贝尔加马人在赛里努斯河畔，建起了一座生产羊皮纸的作坊，他们将山羊皮剪毛后，用石头磨薄、烘干，即可用熟石灰在上面书写文字。采用精致的羔羊皮作为书写材料，使得小亚细亚的学术研究不至于因纸张缺乏而中断。这种羊皮纸在中世纪的欧洲广泛地成为纸的代用品。在中国造纸术、印刷术传入西方之前，所有圣经都用羊皮纸书写，英文的羊皮纸Parchment 就是从贝尔加马 Pergamum 一词而来的。

从地下通道上来，眼前突然敞亮，巨大的露天歌剧院展现在眼前。在希腊神话中，酒神狄奥尼索斯同时也被尊为剧场之神，一般在剧场附近会修建其神殿或在剧场内设祭坛。这个露天剧场的展台前建有狄奥尼索斯神殿。

站在悬崖峭壁边缘，看到古老的歌剧院，的确有心慌的感觉。穿过地道，才能走进歌剧院，在剧院台阶式的座位上，感觉惊心动魄，似乎稍不留神，就会滚落山下，一些有恐高症的人绝不能上前。从未见过这么危险的剧院，剧院坡度约 54 度，剧场 80 排座位可容万人，上下落差近百米，所以才会构成如此的惊险环境。欣赏歌剧是一种享受，为什么古罗马人要把剧院建在这么危险的地方，难道如果表演者演得不好，国王就直接将他们踢下山去？

原来这个剧场建在高而陡峭的山坡上，是以山下的城市和奇美的自然景观作为歌剧院的演出背景。张艺谋在阳朔搭建的"印象刘三姐"的表演舞台，不也是以漓江山水作为背景么？

中层的卫城遗址，所见的德墨特尔祭坛和神庙都已经破败不堪，神已经不知去向。阿塔罗斯一世的宫殿，只有几根残损的柱子，也许那是皇宫的附属建筑。一片盛放的野花，与荒芜的宫殿形成了生死对峙。

漫步卫城的荒野，偶尔能见到一两位背包客，跟我一样在荒草丛中徜徉、拍照，见面彼此点头打个招呼，才感觉自己真的没有完全迷失在古代荒野里。

乘着下山的缆车，风在耳边呼啸，一抹夕阳涂抹在山巅的神庙和旧宫殿上，时光如缆车带我回到了灯火阑珊、夜色如梦的城市。从贝尔加马到伊兹密尔，五千年的光阴仅在弹指一挥间。

卫城遗址

棉花宫殿的叹息——棉花堡·希拉波里斯古城

抵达棉花堡，一进门就被"咔嚓"了一声。不一会儿一个漂亮的土耳其姑娘就尾随而来，她递给我一张精美的卡片，打开一看，居然是我被镶嵌在棉花堡景点前的照片。她伸出两个手指头，虽然对旅游景点这种强行拍照兜售的行为并不支持，但是这次是因为有棉花堡作背景，我伸出一个手指头，最终大家各有所取，乐得其所。

在一座浅山下，旷野的风把山的气息带来，走进一座孤悬旷野的门，那座残破的古希腊风格建筑，即进入希波拉里斯古城，仿佛跨进了另一重世界。远远的低矮建筑，落寞而孤寂，荒草凄凄，在阳光下烁烁泛光。两千多年前的文明古城已经被时间消解成残垣断壁。来这里的游人稀稀落落，而人群稠密的地方是古城的另一面——棉花堡自然温泉，两者相距不到几百米。

希腊人最早在这里建立了城邦，他们认为如此美丽的景色一定是神生活的地方。他们还发现泡过这里的天然温泉之后，皮肤滑嫩，神清气爽，一些人身上的皮肤顽疾竟然在这里得到了治愈。于是当时的达官贵人与财

阀富豪，都以能到这里来泡温泉安享晚年为荣，有些来此治病未愈的人就老死在这里。

希波拉里斯古城在罗马帝国时期是皇帝的浴场，作为王室的温泉疗养胜地，为了满足皇族的需求，这里还专门配备了剧院、街市、纪念门及陵墓。罗马的贵族在温泉小镇养病，未愈的几乎都葬在了这里。

公元前2世纪的希拉波里斯古城由贝尔加马王国所建，斗转星移，它又是两千多年前丝绸之路上的重要城池，古罗马人在建筑、天文历法、文字上创造的辉煌成就，人们至今仍在受益。

地中海沿岸经常出现周期性的地震，古城最终毁于一场地震，只留下了这座天然温泉浴场，就是棉花堡。这里遗留着罗马式的大浴场、竞技场、街道、半月形的大剧场及古墓地，依稀可辨昔日繁荣富足之景象。阿波罗神庙在多次地震中已夷为废墟。海尔保利大剧场是一座露天半圆形剧场，依山而建，顺山势挖掘。剧场可容纳1.2万名观众，舞台栅栏和前排包厢贵宾座位仍保存得较为完整。20世纪70年代意大利工匠对剧场做了修复，加了新的木围栏以防止游客从看台上掉下去。如今，看台的石阶上长满了荒草。巨型的石块散乱堆积在舞台，它们曾经聆听观赏过千年的演出，如

今它们沉默着，听着风语。

占地约两平方公里的古墓地内有许多石棺，据说总数超过四千具。墓陵都是用大理石块堆砌而成，雕刻精美的大理石棺木，埋葬的都是一些在社会上有地位的人物。入土为安，来自各地的在希拉波里斯疗养的人物都有自己家乡独特的丧葬方式和陵墓，克里亚人的石棺顶部就像一只翻扣着的小船，预示着人生就是渡河，死亡是渡船去幸福的彼岸。状如房屋的坟墓，也许终结的坟墓才是人最后的家……一座座棺木错落在荒野上，夕阳昏黄的光芒泽被万物，更显出岁月的荒凉。

考古博物馆的镇馆之宝是在西顿（今黎巴嫩境内）发掘的多座石棺，最著名的是亚历山大石棺。石棺上雕刻着精美的连环画和老故事，从雕刻

海尔保利大剧场遗址

内容及制作时间看，与马其顿国王亚历山大大帝一生的战绩有着极大关联，这就是一部历史的雕刻之书。人体的比例、肌肉的力量感、动物的形态都刻画得栩栩如生，堪为神来之笔。

当年的少年帝王是否真的被放进这个精美石棺，还是被葬在西顿的皇家墓园内，这段历史已无从考察。千余年来，这座石棺幸运地躲过盗墓者的破坏，躲过天灾人祸，保存完好，成为前无古人后无来者的雕刻珍品。

古城用凝固的雕塑诉说着两千年前的文明，在这些被战火、地震、时间侵蚀的残损浮雕壁画中，人体雕塑比例几近完美，希波拉里斯人对于世界的表达，可以对比出东西方人对于信仰、思想的异同体现，古罗马工匠的肉身已逝，而他们的灵魂思想却在这些浮雕、壁画作品中不朽。

石棺雕像

在烈日当空的古城中找一处阴凉地休息，仰头望去，灰绿色的枝叶中，竟然藏着椭圆形的果实。依照果实辨认那是橄榄树。在《圣经》中被鸽子从大洪水中衔来一只橄榄叶，这种象征着和平的树，告诉我们世界和平的信息。橄榄枝至今依然是国家外交和平手段的代言。

从废弃的古城走向密集的人群，被眼前的景观震住了。相隔百米的坡地被潺潺泉水冲刷着，地势呈巨大的回旋。我们来的路在山坡下，遥远的城市丛林就是伊兹密尔，它们半掩在岚烟、绿荫中，犹如海市蜃楼。

白色山丘层层叠叠，远远望去，好似飘逸的云朵。泉水将山坡冲蚀成

阶梯状，平台处的泉水蓄积成塘，人们坐在里面惬意地泡温泉。整个山坡被染成白色，像露天熔岩。从上往下看，温泉平台像一面面镜子，映照着蓝天白云；如果从下往上看，像刚喷发的火山，白色的岩浆溢满整个山坡，形成棉花一般的山丘，壮观奇绝。这个蜚声海内外的自然景观，实际上是因为从石灰岩中渗出来的含碳酸氢钙的温泉，顺着地势聚集环流，碳酸氢钙逐渐堆积结晶而成。看上去真像棉花，一层又一层，形状像城堡，故得名棉花堡。

关于棉花堡有这样一个传说：牧羊人安迪密恩为了和希腊月神瑟莉妮幽会，竟然忘记了挤羊奶，致使羊奶恣意横流，盖住了整座丘陵……这个诗意的解释体现了人神共欢之境。

进入浴场，一定要赤脚，以防鞋底磨损脚下的石灰岩，拎着自己的鞋从山顶沿曲折小径顺势而下，边走边泡。而这"棉花"踩上去并不光滑，甚至感觉举步维艰，由于是个斜坡，稍不留神就有可能滑倒。赤脚踏进温泉，脚底的穴位最为丰富，自然也会很敏感。纵然是烈日骄阳，依然有身穿三点式泳装的美女躺在岩石上尽享阳光。花花绿绿的人群，嘻嘻哈哈地跟随着泉水的步伐，一路往下走。孩子们见到大池温泉更是欢呼雀跃。温泉旁边的树林里，人们躺在吊床上、草地上，三两成群，聚在一起，享受惬意的午后。

享乐的尘世气息与希波拉里斯古城的沧桑形成了鲜明的对比，生与死如同此岸彼岸，相互注视相互对峙又相互疏离。所谓"天地者，万物之逆旅也；光阴者，百代之过客也"。

第五辑

人神共居之地——环游地中海

一千零一夜的宝藏——阿拉伯之夜

《一千零一夜》诞生在阿拉伯，那个会讲故事的姑娘山鲁佐德诞生在阿拉伯，阿拉丁神灯、阿里巴巴和四十大盗的故事发生在阿拉伯。阿拉伯人通过《一千零一夜》和《古兰经》向世界传递着他们独特的声音和气韵。我一定是被那盏阿拉丁神灯所吸引，注定要在一个夏天的夜晚抵达

阿拉伯之夜。北京时间凌晨一点抵达沙伽——波斯湾阿拉伯第三大酋长国。这里与北京时间相差4小时，此时家里亲人已安然入睡，而波斯湾的夜正开始。

在沙迦、迪拜、阿布扎比，我会刻意留心街上的女人，渴望看到智慧的阿拉伯女子山鲁佐德的影子。然而，城市的街头很少见到女人的身影，即使在街头偶遇，她们全身也被黑色长袍及面罩包裹的很严实，一袭黑袍曳地，黑纱蒙面，只露一双剪水深瞳。然而就是这双眼睛，神秘如同宝藏，可以让人迷路，山鲁佐德一定有着这样的一双眼睛，除了故事之外，这双眼睛才是所有故事的可能。这个机智的女子命悬一线，把自己的命运押在讲故事上，每夜讲到最精彩处，天刚好亮了，留下悬念下一夜继续给国王讲，直到一千零一夜，竟然改造了一个残暴的国王，最终是一个皆大欢喜的

结局。

随处可见穿白袍的阿拉伯男子，在机场、海关、街市，那些白袍经过的地方，总有一种圣洁的威仪感，他们从我身边经过时，我会不由得屏住呼吸。这样的服饰宛如从另一个世界走来的，在一群人中总显得遗世独立，鹤立鸡群。让人惊诧的是所见到的每件白袍都簇新洁白，几乎纤尘不染，尤其是那背影优雅而内敛，衣袂翩翩，这样的背影总让我联想起纪伯伦的诗篇。

黑袍白袍，在阿拉伯半岛的黑白两色是如此鲜明又协调。关于阿拉伯服饰有这样的说法：阿

拉伯男人的长袍通常比较宽松，长及脚踝，一
般分为白色、土黄色、沙黄色，长袍圆领的为
当地人，长袍立领的为卡塔尔人。一般而言，
白色棉袍不吸热，显得干净而清爽。与长袍相
配的是要戴一种长可披肩的白色头巾，并在头
顶加一圈环箍。据说丝绸之路上的阿拉伯人在
赶骆驼的时候，为了方便出行，将赶骆驼的鞭
子顶在头上，还可以用来固定头巾。那白色头
巾里还另藏有小帽子，胸前的袋子里装有香包，
用来遮挡体味。由于天气炎热，长袍一般都配
皮凉鞋。

阿拉伯女人的黑袍看似一样长而宽大，其实差异也很大。在洗手间，
我看到一个正在整理长袍的女子，她里面的衣服布满了花朵和珠片，手臂
上画满了海娜花绘制的花纹，那花纹依然是飞扬的藤蔓植物。揭开面罩的
面颊肤色洁白细腻，美目流兮，惊为天人。更为重要的是她目光中的善意
和微笑，看得出是个内外兼修的美人。尽管黑袍从色泽上总给人带来心理
压抑之感，可是在阿拉伯半岛，穿长袍戴面纱的原因之一，一定是为了抵
御当地暴虐的骄阳和风沙，因为如果在夏季外出，面部、头部不做任何防
护措施的话，很容易中暑、被晒伤。

进入这家被称为老皇宫的八星级酒店，并不感到过于局促和逼迫，也
许这正是八星级酒店所呈现的对来访者的人文态度，无论尊贵贫贱都可以
在这里找到舒适和尊重。

　　酒店门口停着一辆奔驰车，侍者介绍说这就是阿布扎比酋长国国王的车。迪拜街头几乎满街都是豪车，却不曾料到国王的车竟是如此低调内敛。不过1号车牌就是尊贵和身份的体现。阿联酋7个酋长国的公民福利、政府工作人员的所有待遇全部由阿布扎比酋长发放。侍者说：你真幸运，国王今天在这里，说不定一会儿能在走廊上遇到他呢。

　　据说这个皇宫是用46吨黄金铸造，每一处细节都体现了奢华却并不张扬的特征，让人在细细品味之后方觉不凡。走廊上有一台其貌不扬的机器，走近看才知道是The gold ATM——世界上第一台自动售金机，可以自动吐出金子的机器。在金碧辉煌的穹顶之下，喝一杯蓝山黑咖啡，听着优雅的钢琴声，还有入口即化的甜点，这个惬意的下午茶，因为得知国王也在皇宫而感觉有些特别。

《一千零一夜》里的国王，那个被女人背叛继而变得残暴不羁的男人，为此仇视女人，他用权力去消解心中的愤恨。于是，一个又一个无辜的女子过了一夜就被杀掉。与其说是山鲁佐德用讲故事的方式治愈了国王心头的痛，不如说是用爱温暖了这个受伤的男人，让他重新找到自己，复原自己。从这个虚构的国王形象可以窥见阿拉伯男子性格中的一部分。

关于土豪国家的传言，炫富的条件之一自然与男人拥有多个女人有关。阿拉伯国家的婚恋制度是一夫多妻。只要男人有能力，最多可以迎娶4个老婆。尽管当地人生活富足，可是多数男人还是娶不起4个老婆，当男人想娶第四个老婆时，必须经过前3个老婆签字同意，如果其中有一个老婆不同意，这个男人将无法迎娶下一个老婆。而且在一个有4个老婆的家庭中，男人必须准备4套房子，对所有老婆的待遇必须均等，如果他给一个

老婆买了宝马车，那么，必须给其他3个老婆购置同等级和档次的车，男人不能对老婆们厚此薄彼。如果男人和某个老婆离婚了，除了分配财产外，必须供给离异老婆的生活费及子女抚养费。所以能娶得了4个老婆的男人，那的确是相当有实力，而非单纯炫富。

在阿拉伯半岛，不用戴表也可以知晓时间，一天五次的诵经声即是固定的钟点。早上还在睡梦中的时候，就能听到悠扬的诵经声，那声音犹如天籁，极有穿透力，一时间困顿全无，静心听那声音的节奏、音频和韵律，那是真主的声音，是点醒的箴言，是对众生的教化。当我在午后的街头、巴扎的闹市行走的时候，那诵经的声音再度响起，会有一种来自心灵的震荡，一面是凡俗生活的热闹，另一面是真主不断的醒示。

穆罕默德在阿拉伯半岛创立了伊斯兰教，将麦加作为伊斯兰教的中心，每年有大量的朝觐者，渴望在这里得到真主的教诲和生活的真谛。在伊斯兰教诞生地，参观清真寺是必需的一课。

阿布扎比大清真寺也称谢赫扎耶德清真寺，以阿联酋的国父谢赫扎耶德的名字命名，是阿联酋七酋长国中最大、全世界第八大的清真寺。进入清真寺要提前做准备，并被一再告诫：不能穿露出脚踝、胳膊的衣服，女人一定要包头巾，要穿长衫长袍。当我慎重地包好头巾，排队过安检的时候，阿布扎比

阿布扎比大清真寺

清真寺在摇曳的棕榈叶之后，显得洁白而沉静。

　　走进大厅，发现其实清真寺才藏着真正的奢华。脱鞋进入礼拜大厅，用双脚接地气，花团锦簇，世界上最大的手工地毯就在脚下，这是数百名未出嫁的伊朗女工巧手制作的，那令人眩晕的藤蔓花卉铺天盖地，是否是"一花一世界"的另一种注解？在这里随处可见的植物爬满了墙面、地面、穹顶，预示着万物生长，无限的生命力在这些充满韧性的花朵中隐现。那些用黄金打造的花儿在大理石地面上绽开，其制作工艺令人赞叹。

　　仰头可见巨大的镀金吊灯，镶满了施华洛世奇水晶，在阿布扎比大清真寺有七盏这样璀璨夺目的绝世风华，它们照亮了整个大厅，照亮了那些在地毯上盛开的花朵，也照亮了每一个前来朝觐的人。

　　听到宣礼塔的诵经声，纯净的语感瞬间击中我，仅入耳就有净化心灵的感觉。在长长的回廊中行走，在高温41℃的盛夏，随处可见蒙面黑袍的女士和白袍先生。回廊上有工作人员上前提示我：女士，你的头巾掉下来了。也许没有任何一个国家和地区，对自己和他人的服饰有这样严格的要求和规范，服饰对于人的约束，可以看得出穆斯林对于自身修行的认知。

清真寺内景

　　高速公路旁的加油站都设有礼拜室，虔诚的穆斯林教徒脱鞋入内，关上那扇神秘的门，人们在里面与关乎自己信仰、内心的神之间进行着交流。

在另一个阿拉伯的夜晚，目睹了一场波斯湾落日的盛景，来自印度洋的暖湿气流从海面拂来，身后的阿拉伯塔酒店是世界上建筑高度最高的七星级酒店，外观如同一张鼓满了风的帆，被称为帆船酒店，是世界上最豪华的地方之一。这座建筑共有56层，321米高，比法国埃菲尔铁塔还高一截。

波斯湾的淡水主要来自底格里斯河、幼发拉底河和卡伦河，两河流域的入海口在此。回溯这片人类文明最早的发祥地，丝绸之路上巴比伦人最早的贸易通道。不由得又回到《一千零一夜》传说中的场景，看海上日月同辉，空中彩霞展翅。

从帆船酒店返回玛瑞娜港湾约有3公里，沿岸摩天大楼林立，犹如点亮的魔方丛林，与海湾连成灯火通明的不夜港。据说海湾的设计灵感来自于威尼斯水城。从只有一道遥远海平面的旷达视野，蓦然间即转换了角度：夜色幽兰，海水幽兰，灯影璀璨，灯火摇曳，人在游船，如同梦游。从一个阿拉伯之夜穿越到另一个阿拉伯之夜，夜在玛瑞娜港湾起伏荡漾。

"山不过来，我就过去。"穆罕默德千年前就在用身体力行的方式修行实践。而在阿拉伯，夜降临，故事也自然降临。

帆船酒店

鸟瞰伊斯坦布尔

乘巨轮经马尔马拉海，传说中的伊斯坦布尔就在起伏的蓝色海域对岸。高楼林立的城市丛林，在午后的阳光和海水折射下，如同海市蜃楼。这巨轮底层是车，上层游人。海鸥盘旋、飞鸣，一路逐船，白浪镶边，两岸如同幻境置换，不到半个小时的时间，城市强大的气息铺卷而来，覆盖了海的味道，伊斯坦布尔即在眼前。

与所有国际大都市一样，伊斯坦布尔呈现的依然是拥堵、塞车，汽车尾气裹挟着的气味，让人焦躁。宽敞的车道及大桥，挤满了大大小小甲壳虫般的车。这里的气温似乎比沿海城市安塔利亚、伊兹密尔要高一些。

伊斯坦布尔曾经是罗马帝国、拜占庭帝国、拉丁帝国、奥斯曼帝国与土耳其共和国建国初期的首都。这里是我喜欢的作家奥尔罕·帕慕克的故乡，一个与失落的财宝、神话般的往事连在一起，令人产生无限遐想的城市，

穿越马尔马拉海

拜占庭的遗址、苏丹的后宫、巨大而热闹的五色市场……连法国大文豪福楼拜都想要"移居伊斯坦布尔，买一个奴隶"。

登高鸟瞰伊斯坦布尔，从情人山的绿荫中可以俯视伊斯坦布尔的全貌，金角湾、博斯普鲁斯海峡，还有错落有致的红瓦屋顶。每个城市都有登高望远的所在，但每个登高望远的城市都如此迥异，伊斯坦布尔在海天之间的柔和线条，让人想起帕慕克在《伊斯坦布尔——一座城市的记忆》扉页里引用的那句话："美景之美，在其忧伤。"

不管岁月如何沧桑，不管这座城市经历过什么，只要博斯普鲁斯海峡还在那里，伊斯坦布尔就永远不会变，这就是这片土地的自信。

经过伊斯坦布尔欧洲区的锡凯尔火车站，这里是传说中东方快车的东部终点站，著名的侦探小说家阿加莎·克里斯蒂曾写过一部享誉世界的小说《东方快车谋杀案》，这座古香古色的火车站因小说而享负盛名，这里是从巴黎始发的"东方快车号"的终点站。火车站修建于1890年，与亚洲陆地的海达尔帕夏车站之间隔着马尔马拉海，从亚洲区车站驶来的火车自东方而来，由此一路向西直到丝绸之路终点。

有一双蓝色眼睛的导游艾克拜尔原本是新疆库车人，在土耳其上高中，考上了伊斯坦布尔金融大学，现在是大二的学生，利用假期打工当导游，赚取生活费。他说土耳其的火车票一般不提前预售，只在火车开车前一个小时才开始卖票。火车

伊斯坦布尔街景

票不分车厢和座位，想上哪节车厢想坐哪个座位都可以。从伊斯坦布尔到首都安卡拉的火车票是 7 欧元，卧铺要 15 欧元。火车票按年龄享受不同价格：23—65 岁属成人票；16—23 岁收成人票的 70%；12—16 岁收成人票的 50%；12 岁以下免票。奇怪的是，年龄越大票价越高。65—75 岁是成人票的两倍；75 岁以上的老人如果乘坐火车是成人票的 4 倍。这与中国老年人享受老年证半价优惠大不相同。

从塔克西姆广场步行到独立大街，这里是城市的核心区，西边通向金角湾、加拉太桥和加拉太塔。19 世纪保存完好的希腊风格的古建筑还保留着，世界上第二古老的电车线路还在狭窄的古道上行驶，据说这里的餐馆、书店、教堂动辄都是上百年历史，不仅仅是老字号，还是真正有故事的老建筑。

电车伴随叮叮当当的声响驶来，是这座城的一道特殊风景。望着它们从转弯处的坡道上蜿蜒而过，蓦然想起张爱玲笔下的上海电车，"一辆衔接一辆，像排了队的小孩，嘈杂、叫嚣，愉快地打着'叮叮当当'的声音，一辆辆车里的灯点得雪亮，等到它们全部进场子了才睡下，我是非得听见电车声响才睡得着觉的……"

而在帕慕克笔下，电车则是童年的记忆："电车道打从 1914 年就在我们那条街来回行驶……我喜欢电车内的木头装潢，隔开驾驶舱与乘客区的靛蓝色玻璃门；我喜欢在终点站上等开车的时候驾驶员让找坑的操作杆……在我们回家前，街道、公寓、甚至树木都是黑白影像。"

2004 年 6 月，北约在伊斯坦布尔召开欢迎新成员会议，美国总统布什发言时引用了帕慕克的话：观赏伊斯坦布尔美景的最佳地点，不在欧洲那

圣索菲亚大教堂

边，也不在亚洲那边，而在联结两边的大桥上。

这座架在博斯普鲁斯海峡上的桥连接着旧城和新城，桥分上下两层，桥上行车也可行人，桥上的钓竿构成了一道新景观，那个眺望博斯普鲁斯海峡垂钓的老人，可否有著名人士穆斯塔法所说的眺望博斯布鲁斯海峡有"国王一般"的感觉？在桥下的餐厅用餐，土耳其侍者殷勤地为女士拉开餐椅、扇风、照相。在二楼的窗口可以看到波光粼粼的海面，除了发呆、远望，喝一杯土耳其红茶，点一份海鲜餐也是必需的。然而，今天的秋刀鱼并不十分新鲜，缺乏美味的餐食是岸边用餐的败笔。浴着海风，写一段字，有鸥鸟飞过的影子投在笔记本上。拐上桥，呼吸着略带腥咸的气息，居然不小心闯入罗马尼亚人的镜头里。

有着 1 500 多年历史的圣索菲亚大教堂，从外观看就非常引人注目，

巨大圆顶闪闪发光。这是一幢"改变建筑史"的拜占庭式建筑典范，公元 330 年，君士坦丁大帝修建了圣索菲亚大教堂。以一位名为索菲亚的圣人命名，索菲亚在希腊语中为"上帝智慧"之意。公元 6 世纪，查士丁尼大帝把教堂改建成现在的模样。奥斯曼帝国时期，圣索菲亚教堂又改建为清真寺，周围矗立着四座高塔，真主的声音从宣礼塔传诵至博斯布鲁斯海峡上空。

由神庙改建为教堂，再由教堂改为清真寺，基督教和伊斯兰教在这里各自占据着一段主导时光。走入殿堂，宗教交融、汇合的气息随处可见。一

圣索菲亚大教堂内景

面是圣母、耶稣的壁画，而另一面阿拉伯经文醒目又突出地挂在廊柱上。仔细观摩着圣母玛丽亚悲悯温柔的眼神，悠扬的诵经声在耳边响起。

在伊斯坦布尔，这种多元文化的交融碰撞体现在建筑、城市格局及人民生活的方方面面。伊斯兰世界最杰出的清真寺之一蓝色清真寺对面就是基督文明最宏伟的教堂之一圣索菲亚大教堂。这种格局无疑提醒着人们，两千年来土耳其这片土地上曾经诞生过两个伟大的帝国。

图特摩斯三世方尖碑

走过教堂，来到耶莱巴坦地下水宫。走下去，幽暗、阴凉，这里的确是个避暑的好去处。木板路面之下，全是黑暗泛光的水，这水让人眩晕，不由得揣想那远处黑暗的尽头，到底藏着什么。巨大的科林斯柱撑起了一方乾坤，一幢巨柱下压着蛇发女巫美杜莎的头颅，希腊神话中说若凡人与她对视，就会立刻变为石像。当我经过她的时候，看到她凌厉的眼神依然不寒而栗，不由得抓紧自己的胳膊，幸好她的法力已经被这石柱镇住了。

这座地下水宫渊源已久，据说是在公元6世纪拜占庭时期修建的贮水池，当是为了保证宫廷用水和防止敌人围困、有备无患的策略。水宫储水量最高可达10万吨之多，据说如果蓄满了水，可供当时全城人喝一个月。奥斯曼帝国时期水宫被废置，直至公元16世纪中期，老城居民总能听到地下波涛汹涌的声音，荷兰考古学家才发现了它。

苏丹阿赫
迈特清真寺（蓝
色清真寺）

　　蓝色清真寺是每个到伊斯坦布尔的人必去的地方，不管是穆斯林的朝圣还是其他人的观光。清真寺以大量伊兹密尔出产蓝色、绿色的瓷砖和独特的造型而闻名。由于参观的人很多，所以要在门外排队等候，长长的人流几经回转成三条 U 字形。清真寺的指示牌明文告知：不可穿背心、短裤、拖鞋入内，不可穿露肩的上衣……一些衣着随意的外国游客已经被拒绝在门外，还有一些要进入的游客则租了长袍和围巾，在进入清真寺之前仔细地用头巾包裹好头发，这样庄重的打扮的确使人判若两人。蓝色清真寺果然名不虚传，殿堂非常宽敞，这里可以容纳五千多人同时做礼拜，仔细观察信徒们做礼拜的姿势，五体投地，全身俯在地上虔诚祷告。

　　团花地毯每天不知道会被多少双脚踩过，人潮涌动，到处都是自拍党。由于天气炎热，空气流通不畅，喧嚣、嘈杂对在这里修行的人而言是种考验。而这些旁观者和修行者让我思虑万千，甚至有些失落，直到悠扬的诵经声响起，直到走出那被蓝光笼罩的场域，被清凉的海风吹过，对于生死、两世的思考让我回到了现实。

与蓝色清真寺一墙之隔的是苏丹阿赫迈特广场。三个著名的纪念碑分别矗立在此：塞奥道西斯方尖碑来自埃及，已经有 3 500 年的历史，原本在埃及卢克索卡纳克神庙门前，后来被狄奥多西大帝将其切割成三块，运回君士坦丁堡；青铜蛇柱是为了庆祝希腊人在波斯战争获取胜利而建造的纪念碑；君士坦丁"奥拜里斯克"方尖碑又称墙柱，君士坦丁七世波菲罗格尼图斯为了纪念他的祖父巴西尔一世贝斯雷奥斯而建造，碑身外原本镶满了镀金青铜浮雕，公元 13 世纪

苏丹阿赫迈特广场纪念碑

十字军第四次东征侵入君士坦丁堡的时候，被拉丁军队洗劫、熔化，但纪念碑的石质核心幸存了下来。

在伊斯坦布尔，随时都能遇见有历史的物件，那些千百年前帝国辉煌的象征依然如同烙印深深地打在这座城市上。那些在高空徘徊，俯冲而来的鸥鸟，也许在它们的眼里，伊斯坦布尔永远都是这个样子，千年万年。

伊斯坦布尔即景

未进入伊斯坦布尔之前，在大巴车的车载电视上看到这样一则新闻：应中国国家主席习近平邀请，土耳其共和国总统雷杰普·塔伊普·埃尔多安在2015年7月29、30日对中国进行国事访问。当时，无论是土耳其司机、导游，还是我们这群从中国来的游客，无不欢欣鼓舞，对于伊斯坦布尔充满了期待和憧憬。

然而，抵达伊斯坦布尔之后，却不断听到警车、救护车由远及近的呼啸，同时还看到一辆接一辆的救护车十万火急地拉着警报飞驰而过。街上荷枪实弹的警察和警车明显比地中海沿岸的小镇多了好几倍。后来被导游告知，前天在广场闹市区出现了一起暴力袭击事件，并提醒在伊斯坦布尔的游客注意：尽量不要乘坐公交车、电车，外出保持一定的警惕性。近些年，土

伊斯坦布尔古罗马引水渠遗址

耳其的暴力恐怖事件增多，使得很多垂慕地中海沿岸美丽风光的人心有余悸。

在伊斯坦布尔，搭上一辆出租车并不容易，虽然车多，但这里也是人口最为密集的地方。我们在拉列列大街搭上了这个老司机的车，他非常热情地问我从哪儿来，得知来自中国，立马掏出他的墨镜竖起大拇指，说 MADE IN CHINA。他非常热情，且表情丰富，对孩子们很喜欢，从我们住的宾馆到苏丹阿赫迈特广场并不远，却遭遇连连塞车，最终他伸出三个手指头，意为 30 里拉。

在拥堵的出租车上浏览街景也是一种转移焦躁情绪的手段，经过古罗马帝国的护城河，厚实的桥墩令人心生敬畏。桥洞下已没有水，修成了往来穿行的车道。在这里随处可见古老的文物，那些廊柱、建筑就在大街上，只是观赏的人群不同而已，文物、遗址使得这个城市更具有穿越感。伊斯坦布尔古今相融的现代化建筑、庄严肃穆的清真寺和古香古色的古建筑群与幽深、轻捷的小巷，还有各色服饰、各色人种构成了这个城市古典与现代、奢靡与颓败的多元混血气质。

返回的时候，又遇到另一个年轻的哥，但他不太会说英语，看见主街道塞车，带我们穿行迷宫般

的小巷，身后的救护车发出刺耳的鸣叫，听得我们心惊胆战，而他毫不惧色，依然在上坡下坡中回旋，伊斯坦布尔的小巷子高低落差较大，与重庆小巷有得一拼。由于这里是世界第二大堵车城市，的哥们个个技术高超、身手敏捷。尽管的哥很热情很敬业，可是"宰人没商量"，漫天要价绝不手软。

在土耳其总能看到一只独特的眼睛——蓝色之眼。这只蓝眼睛无处不在，汽车上、广告上、女孩的饰物上、生活用品上，甚至在很多建筑物的门头上也能见到。当地人喜欢这只神秘又神奇的"蓝眼睛"，相信它可以辟邪。他们认为最容易受"嫉妒的眼神"伤害的是弱小的孩子、美女和能人，戴上它就能防止嫉妒的眼神，让想害你的小人无法得手或离你远去。

孩子们总是难以抗拒美食的诱惑，街头的土耳其烤肉小贩都会很热情地招呼，用日语、韩语、中文向我们一一打招呼，当我们驻足店铺的时候，会发现那旋转的烤炉炙热无比，旋转挂架上的肉喷香扑鼻，禁不住地要来一份尝尝。土耳其美食是世界三大美食之一，菜品以色香味赢得世人的胃。饮食以肉食为主，著名的土耳其烤肉和卷饼是特色小吃，目前在世界各地的大城市都可以吃到。土耳其本地不产大米，所以米饭较贵，单独要一小碗米饭是 7 里拉。主食是馕，只要你进餐馆点菜，侍者会先给你端来一筐馕，那上面都会有白色的餐布包裹，不够可以免费再加。蔬菜多为生吃凉拌，点任何菜前都会上一盘淋点柠檬汁的生蔬菜拼盘，色泽搭配艳丽。

街头的土耳其冰淇淋是必吃的，卖冰淇淋的无论是小伙还是大叔，都会热情地招揽

客人。他往往一边用力捶打着冰淇淋，一边询问围观的客人从哪儿来，有时从冰柜里甩出一大团冰淇淋，像变戏法一般，还用冰淇淋逗围观者，让买者开心一笑。

听说土耳其的甜点好吃得不得了，不喜甜品的我也被感染了，在甜品店里看到琳琅满目的各色点心不知该选哪一个，只好挑两个一眼看中的。入口，妙不可言……

在心满意足中告别餐馆，漫步在伊斯坦布尔街头。此时此刻，人稠如鱼群在眼前交替穿梭，各色人种、不同声调伴着海水涨潮的喧哗，鸥鸟盘旋在高空。街头的乌兹别克斯坦人用小车售卖着无花果，他们用绿色的叶片装饰着简陋的推车，叶片上是娇嫩、鲜美、脆弱的果实，这个叫马木提的小贩，一路售卖，他说自己去过很多地方，他的经商路径就是一条丝绸之路，他去过新疆，并用古怪音调说新疆有北疆、南疆之分。

夕阳自加拉太大桥沉没，一个红彤彤的巨型鸭蛋落入了马尔马拉海，云层在海上瞬息万变，一时间晴天变多云，又变阴霾，海峡和城市迅速被一种蓝灰色调笼罩，这场景渐渐与我读帕慕克自传时的印象融合了，似乎更接近我心目中伊斯坦布尔的基调。伊斯

马尔马拉海的黄昏

坦布尔，对帕慕克而言一直是个废墟之城，充满了帝国斜阳的忧伤。

宣礼塔在同一时间发出了吟唱，那浑厚的男声，悠扬而有穿透性的音调在城市上空盘旋往复，此起彼伏。海鸟在海峡、大桥、高楼、古堡、宣

礼塔间飞舞低鸣，黑色的翅膀舞动着城市天然的韵律。华灯初上，夜幕初升，天上的星星与地上的灯火连成一片，被海风吹拂着的伊斯坦布尔通体发亮，此时此际的凝视，有激情又有莫名的忧伤，宛如苏丹王梦想永久的占有：伊斯坦布尔是我的！

奥尔罕·帕慕克的博斯普鲁斯海峡

在这座城，我渴望遇见奥尔罕·帕慕克，即使见不到真人，这座城的一切都与他相连。我眺望着他眺望过的海面，沐浴着灿烂的阳光，感知他

奥尔罕·帕慕克

的伊斯坦布尔。他的写作，他的生命，都跟这座城市分不开。这座城造就了他，他也用笔回馈着这座城。他认为伊斯坦布尔最大的优点，就是其居民能够同时透过西方和东方的视角来看这座城市。

此时此刻，我从窗口正可以看到那一汪浅蓝荧光的海峡。一只海鸥落在窗檐上，隔着玻璃窗毫不

陌生地看着我们。虎儿给它一点儿绿菜，不睬。揪了一小片肉，尖嘴快速地从虎儿手中啄去，动作极其麻利，显然是十分饥饿。虎儿忙着给它喂食，发现它只爱吃火腿肉片。这个美好的早晨，从这只鸟开始。

奥尔罕·帕慕克就在博斯普鲁斯海峡前的一所房子里，写下了《我的名字叫红》等大量作品，通过这些文字人们重新在文学中打量这座城市。不知有多少文学青年因为帕慕克来到伊斯坦布尔，寻找书中的"呼愁"，以一个外来者的眼光，去丈量帕慕克的城之殇，似乎有些牵强附会。一切华美的表象都会随着时光剥去，逐渐露出锋利的内核，而这内核，没有深居之身和热爱的赤子之心，是难以捕捉其中的脉搏的。

他每天从早到晚都会在书房里写作，离群索居，开窗会看海上驶来的船。帕慕克童年最快乐的时光就是寄住在亲戚们海边的别墅，透过玻璃窗观看穿行于海峡间的游轮。

博斯普鲁斯海峡又称伊斯坦布尔海峡，连通黑海和马尔马拉海，海峡全长 30 公里。这个出现在世界地理教科书里的重要名词，是欧亚大陆的

天然分界线，是东西方文化的分水岭，还是沟通南北海域的重要连接点。博斯普鲁斯海峡勾连起北方寒冷深邃的黑海和南方温暖明媚的地中海，这道狭长的海峡可谓是世界上最具有战略价值的水道之一，亦是历来兵家必争之地。按照1936年《蒙特勒国际公约》规定，博斯普鲁斯海峡成为国际海道，许多国家的商船甚至军舰都会常年穿行在这道海峡间。这个传说中的世界坐标，我去亲身体验，去穿越给予帕慕克滋养的博斯普鲁斯海峡。

博斯普鲁斯海峡

游轮从艾米诺奴码头出发，船长气定神闲地注视着前方，棕色的皮肤上满是阳光的烙印。在这个神奇的地理板块中，期待启航。海水湛蓝，在游艇上看两岸风景，体会苏丹王在这里出行的成就感。沿岸随处可见清真寺上的银月闪烁，多玛巴赫切新皇宫矗立于海峡欧洲一侧。海峡中穿行着各种游船、货轮及拉风的私家快艇。

过跨海大桥是穿越博斯普鲁斯海峡的高潮，海峡最狭窄处只有800米，两座并肩而立的斜拉式跨海大桥连接着欧亚大陆。这座大桥只通车不走人，人们没法在"陆地"上脚跨欧亚两大洲，只好在游轮上过瘾了。在这个特殊的位置，环顾左欧洲右亚洲，不得不慨叹伊斯坦布尔得天独厚的地理优势。

在甲板上，沐着海风翻阅着《伊斯坦布尔——一座城市的记忆》，帕慕克在书中这样写道："生活也没什么大不了的。"我不时会想，"无论发生什么事，我随时都能漫步在博斯普鲁斯沿岸。"

走过绮丽的安纳托利亚高原，走过静美的地中海和爱琴海岸，在罗马千年古城及乡村小道上徜徉，在伊斯坦布尔的清真寺、皇宫和教堂间流连。而这一刻，时光仿佛停滞，一切的荣耀都归于眼前这无与伦比的博斯普鲁斯海峡。

马可·波罗的威尼斯

在世界的东方和西方之间，自古以来原就有一些道路：丝绸之路、玉石之路、香料之路、瓷器之路，只是经过漫长的岁月，人们的足迹可能被荒烟、蔓草、沙漠以及遗忘淹没了。在传说的沙海中，可能浮沉着破碎的事实，但历史有时是必须重新开始、重新发现的……

——马可·波罗

马可·波罗

意大利人鲁斯蒂谦在公元 13 世纪的一场战争中银铛入狱，在黑暗的囚禁生涯中，他遇到了同时参战被俘入狱的一个胡须浓密的中年男子。为了打发漫长而无聊的时光，那名男子为他讲述了一段活灵活现的东方神遇，他的故事跌宕起伏、生动有趣，引得所有狱中人着迷，以至于不听完故事绝不离开。这个人的传奇故事激发了本是作家的鲁斯蒂谦的创作灵感，他决定写下来，要让更多的人了解神秘面纱下的东方奇景。这位讲故事的中年男子就是马可·波罗，从中国回到威尼斯后，马可·波罗在一次威尼斯与热那亚之间的海战中被俘，于是就有了马可·波罗在监狱里口述旅行的经历，于是听到故事的作家鲁斯蒂谦执笔写下了《马可·波罗游记》。

马可·波罗这个名字对于多数中国人并不陌生，因为这个金发碧眼的意大利人冒着艰难险阻，来到中国17年，并在中国留下了美好的回忆。有关他的东方神遇和传奇经历，被写成游记，被制成大片搬上银幕，从而有更多人了解，一位意大利旅行家最初用脚步丈量中国的土地是何等模样。那在外国探险家湛蓝眼瞳里神秘而精彩的东方，每一步都如同神话般的绚烂。

我和马可·波罗的行走方向相反，我们之间相差着800年的光阴。他曾经去过的地方，我正走过，无论是地中海沿岸、费尔干纳盆地、帕米尔高原、塔里木盆地还是河西走廊，我期待着在路上与他相逢。行囊里装一

本《马可·波罗游记》，我做了长足的计划，要去威尼斯，去丝绸之路的另一端，去寻访这位探险家。

地中海沿岸的威尼斯，是一座建立在水上的城市。水是这个城市的魂魄，所有的一切因水而生，因水而建，因水设桥，因水避难，又因水而忧。公元452年，

人们为了躲避匈奴王阿拉提的烧杀抢掠，避难逃到地中海沿岸泻湖的岛屿。起初，这个荒岛上蚊虫遍布，生存条件艰难。然而水这道天然的屏障，让匈奴的铁蹄望水兴叹，使得人们世代在岛上繁衍生息，过着与世无争的生活。公元810年，威尼斯再次因水阻隔，而免遭查里曼王子的入侵。

1600年前，意大利人因水而活，根据狭窄的水道，发明了一种名为"贡多拉"的交通工具。船形窄而深，采用特殊的不对称设计，使之在任何狭窄的地方都能穿梭自如。而今，威尼斯由177条水道、401座桥梁组成这座城市的"马路"，用"贡多拉"链接起一百多个小岛。

乘被称为"水上法拉利"的贡多拉游览水城，这种月牙形的黑色平底小船，大约有11米长，1.5米宽，显得非常轻巧灵活，撑船的船夫拉里说贡多拉是用栎木做成的，制作工艺非常严格讲究，上面的黑漆要涂抹7遍才可以使用。几百年前，威尼斯的贵族们喜欢乘坐雕刻精美、装饰绫罗绸缎的贡多拉，他们互相斗富，异常奢华，威尼斯政府为了刹住这种奢靡风气，颁布了一条法令，禁止将贡多拉漆成彩色，所以今天我们看到的贡多拉都是黑色。拉里说一艘贡多拉要几万欧元，相当于一辆宝马三系，而且贡多拉的船夫必须是世代居住在威尼斯的原住民，家里要有几代人当过船夫。要使小船随时保持平衡，驾驶稳当，需要相当高超的技术。拉里的动作娴熟潇洒，显得游刃有余。迎面所见的船夫服装有红蓝两色条纹，据说与家族信仰有关。

拉里撑起小船轻盈启程，水汽扑面而来，迷宫一般的小巷子，两岸高大精美的巴洛克建筑和一座座造型各异的桥，感觉如同流动的布景，有种不真实的感觉。威尼斯船夫兴致勃勃地哼唱两句，仔细听居然是那不勒斯

民歌《桑塔露琪亚》，声音圆润悠扬。我们鼓掌请他继续唱，在歌声中看两岸美景。

在转弯处就听到悠扬的琴声，这水巷好像是天然的回声器，让音色显得格外动听，让人迫不及待地想要知道是哪里来的琴声，等到小船慢慢转过一座楼房才遇见了另一艘贡多拉，船上一个头发花白的老人正沉醉地拉着手风琴，听着美妙的琴声与之擦肩而过。

蜿蜒的水巷，船手拉里熟练而自然地划着贡多拉，流动的水波，阳光投射在水面的炫丽光影与水上的建筑相互叠影，形成了一幅绮丽的威尼斯画派的油画。文艺复兴时期，威尼斯画派独树一帜，著名画家乔尔乔涅、提香、丁托列托、委罗内塞等曾在这里留下自己的笔触。

流水不腐，孕育了这座城市的生机，威尼斯人创造了如此便捷的水路工具，马可·波罗从这里起航，用自己的双脚打破了"天圆地方"的传统。英国的羊毛运到威尼斯加工，中国的丝绸、瓷器抵达海港，意大利的玻璃制品从这里输送到东方。

拉里带我们来到马可·波罗故居，这栋三层小楼是马可·波罗的诞生地。马可·波罗的家庭可谓是"旅行世家"。父亲尼科洛和叔叔马泰奥都是商人，喜爱旅行、探险和新奇的东西，基于这种基因成分，年仅 17 岁的马可·波罗就毫不犹豫地跟随着父亲和叔叔上路了，前往传说中美玉琳琅的中国。在路上经历了四年多的风雨兼程，九死一生来到了中国，他们到达中国是 1275 年，正是元朝开明鼎盛时期，在元朝的首都，忽必烈热情友好地接待了这三位千里迢迢而来的金发碧眼的客人。

在故居中能感受到这位精力充沛的旅行家心怀天下的向往，在他出海远行的路线图中看到一个不走寻常路的探险家的追求和毅力。从他书房的窗口远眺窗外，亚得里亚湛蓝的海水清澈见底，白帆摇曳，在这里，年少的马可·波罗雄心勃勃，对外面的世界尤其是神秘的东方充满了好奇。这是他出发的窗口，世界从这里开启。

水上威尼斯

马可·波罗的故居为什么可以在水上存留这么长久的时间还依然矗立？带着疑问，我了解了威尼斯建筑的过程，在威尼斯建造一间水上住宅，先要在水底下打下巨大的木桩做地基，打牢了地基，才能铺上木板，在上面建造高楼大厦。有人说，威尼斯城上面是石头，水下是森林。当年为建造威尼斯水城，将意大利北部森林全部砍完。考古学家从马可·波罗故居挖出的木头坚硬如铁，但出水后见了氧气才会朽烂。

夕阳缭绕着水城，万道霞光使得科尔丘拉港湾旖旎万千。去品尝岛上有名的"科诺巴烤肉"，据说当年罗马人在守卫小岛时经常制作这样的美食犒赏士兵。等烤制得发红的牛肉喷香地端上来，才发现真的饿了，大快朵颐是对自己最好的犒赏。

歌德和拜伦对威尼斯水城喜爱备至，从作品中就能读出这种情结；拿破仑则认为这是一座"举世罕见的奇城"；莎士比亚笔下赫赫有名的《威尼斯商人》则充分展示意大利人的情趣。圣马可大教堂据说是因埋葬了耶稣门徒（使徒）圣马可而得名，威尼斯城随处可见这位显赫的圣马可，他的标志是一只带翼的狮子。在圣马可广场的入口处，有两根高大的圆柱，东侧的圆柱上挺立着一只展翅欲飞的青铜狮，它就是威尼斯的城徽——飞狮。飞狮左前爪扶着一本圣书，上面用拉丁文写着天主教的圣谕："我的使者马可，你在那里安息吧！"

夜行威尼斯，环绕着这个城市的一砖一瓦，都是威尼斯画派最美妙的艺术品的一个笔触。而这件艺术品本身就是威尼斯！

船夫哼唱着《桑塔露琪亚》，歌声在幽暗的水面巡行。

"在这黑夜之前，请来我小船上。桑塔露琪亚！

在这黎明之前，快离开这岸边。桑塔露琪亚！"

第六辑

埃及宝盒——尼罗河三角洲行旅

尼罗河的赠礼——埃及

踏上尼罗河三角洲，仿佛与神更加接近。过去这里是法老的领地，古埃及人用木乃伊思考生死与灵魂的去向。他们用金字塔、狮身人面像、方尖碑、神庙等这些神秘符号，独特地呈现了人类文明的发源地——埃及。

浩荡的尼罗河孕育了埃及，而埃及是太阳神献给尼罗河的礼物。古埃及人沿河而生，沿河而居，祈求永生，希望死后再度重生在尼罗河畔。他

尼罗河

们目睹着尼罗河水潮起潮落，用生命中的每一天迎接尼罗河岸盛大的日出和日落，执意地认为人的生命同太阳一样，自东方升起，从西方落下。于是他们在河的东岸建造壮丽的神庙和生机盎然的居民区，而在河的西岸修建法老、王后和贵族的陵墓。"生者之城"与"死者之城"隔河相望，此岸彼岸，形成两个世界永恒循环的圆圈。

埃及人引用尼罗河的水在沙地上种植小麦和果蔬，他们狂热地爱着这条给予他们生命、希望的河流，即使尼罗河泛滥时常常暴虐无忌，无情变脸，把他们珍爱的一切一股脑地卷走、摧毁，但人们无怨无悔。他们从尼罗河的潮起潮落中找到了规律，当河水开始泛滥的时候，天狼星正好出现在初晨的地平线上，于是古埃及人将这一天定成一年的第一天。早在公元前4000年，埃及人就已经把一年确定为365天，全年分成12个月，每月30天，余下的5天作为节日用；因为尼罗河，他们还将一年分为3季，即

尼罗河的泛滥季、播种季、收割季，每季有 4 个月。虽然，这种历法并不精确，然而在古代，它却是神启，是人们参照尼罗河的规律生活的最佳历法。

埃及如果没有尼罗河，也许历史都得重写。这里气候干旱少雨，百分之九十五的土地是沙漠戈壁。古埃及人很早就意识到了这一点，他们将国土比作莲花：三角洲是花朵，法尤姆绿洲是嫩芽，尼罗河及峡谷是支撑花朵和嫩芽的茎干。当地人说，现在的年轻人谈恋爱喜欢去两个地方，一个是尼罗河岸边，一个是金字塔旁。一个是孕育生命的地方，另一个是生命终结后的归宿。

金字塔是古埃及人给人类留下的辉煌谜题，法老认为金字塔是其复活的机器，在此可以获得永恒的生命。在埃及共发现 96 座金字塔，最大的是位于开罗吉萨的三座金字塔，因年代不同，简称为爷爷、爸爸、儿子。远远看到吉萨金字塔群，那壮观而独特的造型不禁让人激动万千，这在明

信片、纪录片中不止一次看到的人类奇迹，终于可以用手触摸到了，冰凉的石灰岩好像凝结着千万年厚重的光阴。

　　站在金字塔脚下仰望，看到的塔尖与天相接，却并不尖锐。胡夫金字塔是在一座陡峭的金字塔建造失败后，才筑造成现在的模样，现实的遗存是人类探索和实践的结果。伫立在坚硬的石灰岩中，看着那阶梯式的构造，不由自主地发出疑问：几千年前的古埃及人究竟是如何建造金字塔的？用什么样的神力才可以将巨大的石灰岩砌成稳固的三角形？据说这种巨大的石灰岩是从阿斯旺采石场加工的，那么又如何从几百公里之外沿河而运至吉萨的？如今，法老的象形文字和语言已经失传，解读金字塔的真正含义，已成为千古之谜。

金字塔

金字塔的四面正好对着东南西北四个方向。从胡夫大金字塔的隧道可以进入其中心部位，在那儿眺望北方夜空，北极星正好映入眼帘。哈夫拉金字塔王殿内南北方位都有通气孔，朝北的通气孔恰好指向猎户星座。难道几千年前，埃及古人就已经精通天文星象学？当然，还有人推测，这是外星人在地球上设置的信号接收器。

胡夫金字塔被称为爷爷，建于公元前 2690 年，古埃及人认为人的身体是灵魂的安息处，要想获得永生，就必须把尸体保存好。在埃及第一王朝之前这种制作木乃伊的复杂程序就已经出现了，而现在看来要完成如此高难度的技术，古人似乎有神助之力。

第二座金字塔是胡夫的儿子哈夫拉国王的陵墓，建于公元前 2650 年，比胡夫金字塔低 3 米，塔前有著名的狮身人面像守候。狮身人面像的面部参照哈夫拉本人而造，身体为狮子，由人头、狮身、牛尾、鹫翅几种奇特的合体方式组合。据说这座雕像的一个耳朵就有 2 米高。除狮爪外，整个雕像由一块完整的天然岩石制成。经历 4 000 多年的时间打磨，雕像被风化了，尤其是没有了鼻子。有人说，这是拿破仑进攻埃及时用炮轰坏的。

然而在拿破仑之前，就已经有狮身人面像缺鼻子的记载了。

走近狮身人面像时，突然冷风嗖嗖，天空铅云密布，不一会儿竟滴起了雨滴。雨在干燥的埃及极为少见，可是一会儿竟又云开雾散、天空大晴。阳光洒在狮身人面像上似乎把它激活了，它守候在这儿就是奇迹，曾经的皇冠、圣蛇、长须褪下了神光，项圈和彩绘已经无影无踪。它匍匐在哈夫拉金字塔前，凝视着每天的日出日落，打量着世间的冷暖沧桑。这时，一只鸽子飞落在它的头部，静静地停落在那里，鸟瞰众生，也许狮身人面像的秘密，鸽子会知道。

第三座金字塔是胡夫的孙子门卡乌拉国王金字塔，建于公元前 2600 年。当时正是第四王朝衰落时期，金字塔的建筑也开始衰落。所以门卡乌拉金字塔最小，高度只有 66 米。

人怕时间，时间怕金字塔。在金字塔面前，时间也感到渺小。在埃及的大地上随处可见法老的遗存，那炫目的人类宝藏和珍品令人目不暇接。在埃及博物馆，整整一天，我被一种金色的光芒笼罩。尼罗河三角洲的古人思考过的灵魂、生死的谜题，引发世人的思考，我也希望能够在这里找到答案。那些法老的面具、衣饰、棺木、器皿、用具无不散发着一种令人惊叹的气息，那些精美的令人荡气回肠的物证诉说着人类文明发源地的智慧。隔着玻璃橱窗看到古埃及人的模样，他们沉睡着，双手在胸前交叉，意味着抵达永生的彼岸。

古老、奢华、优美、极致，古埃及人几千年前创造的尼罗河文明，用物证体现了这种基调，尤其是对于太阳的崇拜，贯穿到整个民族的信仰之中。当看到图坦卡蒙金面具的时候，不由自主地被那种极致的华美所吸引。这个幼年登基的法老，19岁暴亡，他是古埃及新王国时期第十八王朝的法老，在位仅10年，因为籍籍无名毫无建树，所以他在帝王谷的墓地没有被盗墓贼洗劫。然而陵墓考古出土最炫目的就是这具金面具，现在堪为埃及博物馆的镇馆之宝。虽然我买了摄影票，可是这间存放金面具的陈列室仍然禁止拍摄。靠近金面具细看，面部比例协调完美，眼角、眼窝、颧骨、嘴角、下巴的线条隽美如同真人，甚至可以感觉到金灿灿的皮肤质感。他的眼睛由黑曜石和白石英制成，眼角的一丝红色让他的目光神采奕奕，象征着权力和保护的眼镜蛇、秃鹫在法老的额前探出，12圈彩色项圈刻着的象形文字极有装饰性，寓示着诸神对法老的保护。

不知什么原因，正值青春年少的法老突然暴亡，从他奢华无比的陪葬品看来，这个少年君主很可能是政治阴谋的牺牲品。历史证明，无论哪个国家、哪个朝代对于王位和权力的争夺始终是血腥不堪的。他一定不曾料到，一个政治的牺牲品或者说一个王权的失败者，却历经时间的考验，他重见天日且完好无损，如今被展示在博物馆，每天注视着人来人往，或者被往来的人所仰慕，也许这也是一种永生。

在吉萨金字塔以南的卢克索,也就是被称为"百城之门"的底比斯古城,我看到古埃及人为信仰所建造的神庙,而这崇尚太阳神的祈福之地,现在被称为露天博物馆。四千年前人类智慧的结晶,如今只能在那些巨大的廊柱、雕像和方尖碑上寻找,在巨大的柱身、泥壁上还能看到象形文字史诗般的记载。

太阳依旧会在每年的 2 月 21 日和 10 月 21 日两个固定的日子,穿过 60 米深的庙廊,洒在拉美西斯二世的雕像上,而他周围的雕像却享受不到太阳神这份奇妙的恩赐。由于这种神奇的现象,人们将拉美西斯二世称为"太阳的宠儿",将他出生之日称为"太阳日"。2 月 21 日是拉美西斯二世的生日,10 月 21 日是拉美西斯二世加冕的日子,那时期的古埃及人平均寿命仅有 40 岁左右,而活到 91 岁的拉美西斯二世是个奇迹。

在卡纳克神庙伫立着一尊巨大的拉美西斯二世雕像,身形俊美威武,他把自己最爱的妃子放在双腿间。拉美西斯二世也许是埃及最著名的法老,

长寿、精力充沛,一生娶了 8 个皇后、70 多个妃子,有 100 多个孩子。被誉为强大的国王、战无不胜的将军、和蔼可亲的父亲和不知疲倦的建设者,对于土木工程的热情使埃及各地都留下了他的痕迹。

在以底比斯为埃及首都的年代,阿蒙神在古埃及人心中的地位无比崇高,数代法老心甘情愿扩建神庙,于是造就了气势恢宏的卡纳克神庙群。卡纳克神庙的大门显得庄严古朴,土金色的调子在阳光下闪闪发亮,大门两侧是一排对列齐整的狮身羊首的阿蒙神形

象。方尖碑是古埃及人的另一件杰作，亦是古人崇拜太阳的纪念碑。当旭日东升，光射到碑尖时，塔尖闪闪发光，似被太阳神激活。方尖碑用整块花岗岩制成，刻有象形文字的阴刻图案，记载着修建神庙的法老的功绩，同时也是古埃及人关于人类迁移、开拓、延伸的思考。目前埃及仅存5座，其他都被运到了世界各地。

卡纳克神庙作为太阳神阿蒙神的崇拜中心，是古埃及最大的神庙所在地。仰望回廊，仍然能够看到神庙梁柱上的精细雕刻，历经千年，仍旧饱蘸着浓烈的色泽。我站在巨大廊柱下，悉心体会，静听神谕。

站在神庙的后土堆上，眼前一片断壁残垣，断代的历史废墟却蕴藏着强大的信息。卡纳克神庙供奉的是阿蒙神，卢克索神庙供奉的是当地的守护女神，是阿蒙神的妻子穆特。在古埃及社会中，男权体现在方方面面，神也不例外。

从卡纳克神庙走出，乘马车去卢克索神庙。和马车夫阿里并排坐在高高的马车上，他把缰绳交给我示意由我驾驶，这是我第一次驾马车出行，又兴奋又紧张，他说：别怕有我在。沿着尼罗河岸的街道，马蹄哒哒，阿里用马鞭和口哨，使得马蹄欢快又有节奏。他指着前方的建筑用庄严的口吻告诉我，那就是卢克索神庙。虽然我没完全听懂他带有方言的埃及话，可是那声音中的自豪感不言而喻。马车最终停在神庙门前，他说这马是法拉利，他要两份 USD 小费，一份 USD 给自己，另一份 USD 给法拉利。

静静的尼罗河穿底比斯古城而过，将城一分为二。神庙和民居伫立在尼罗河东岸，而西岸则是法老的陵墓。因为法老们意识到，必须让自己的陵墓更加隐秘才能保证自己的复活与永生。于是帝王谷出现了，这里遍布法老的陵墓，可惜的是盗墓贼总是抢先一步，展示祖先令世界瞠目结舌的绝代风华。

古埃及太阳神的化身在不同时间有三种不同形象：甲壳虫、鹰、公羊。日出时，甲壳虫代表着重生。在帝王谷 3 000 多年前的壁画中，不止一处可以看到被神化的甲壳虫推着圆圆的羊粪球。古埃及人相信太阳每天都是被一只超大甲壳虫像推粪球一般从冥界推出来的。壁画中的两位神正在给法老浇灌生命之匙的水，那意味着复活，从遗迹可以看出，埃及人对死亡和复活的研究是如此执着。

世界最长的河流——尼罗河是孕育埃及文化的摇篮。当地时间凌晨6点10分，太阳从尼罗河东岸破云而出。起初是一个光斑，继而钻石环、唇形、扇面，最后转成一个圆。仿若天地初开，上帝说要有光，光就来了，照亮万物。古埃及人崇尚的太阳神，由东方升起，点燃一天的希望圣火，在西面沉没，据说坠入地平线的刹那，是法老返回阴间的时机。

原计划乘坐停在岸边的纯靠风力航行的白色三桅风帆船，然而遗憾的是今天没有风，风帆船无法出航，只好乘努比亚人阿里的游艇泛舟尼罗河。太阳金币般在河面上跳跃，晃得到处都是金黄色，却映衬得河水更加幽蓝，金黄色的芦苇在岸边摇曳，岸边如茵的草地上黑牛正在吃草。尼罗河岸的努比亚人和法老打了千年战争，甚至一度成为埃及的统治者。他们肤色黝黑，身材魁梧，话不多却显得胸有成竹。阿里在船头惬意地打着鼓点，唱着《呜啊嘞嘞》，伴着悠扬的歌声，尼罗河显得开阔而博大。阿里的儿子阿合曼说他今年13岁了，和我的虎儿同岁，他光着脚在船舷上如履平地，显得机灵又腼腆，虎儿递给他一块中国糖果和猫耳朵，他紧张得不知该怎么办好了。

乘船去尼罗河香蕉岛上的种植园，下了船，走上一片绿叶婆娑的小岛。通往香蕉园的路，虽然尘土飞扬却意趣盎然。笼子里关着的是尼罗河鳄鱼，像石刻一般纹丝不动，静静地看着一群又一群来观看它的人，而它的模样又被当地人刻画在墙壁、门楣上，尊为神灵。狼被笼子外的敲击声扰得团团转。鸽子塔下是一口水井，那是香蕉园的命脉。摘下来的香蕉虽然并不硕大光鲜，吃起来却很甜。坐在香蕉园里品茶，看埃及男人抽水烟，那袅袅升腾的烟雾让他们的面孔显得悠闲又慵懒。

顺着尼罗河沿岸游走，几乎每一座桥头都有警察、军队驻守，可见他们对于这条千百年来赖以生存的河流多么重视。虽然起初对于手持长枪的警备状态显得有些惊恐不安，可是沿路那些坐在阳光下守护家园的人们，无论老人、儿童，还是那些手持枪支的警察、民兵，看

抽水烟的埃及男人

到我的相机，都会报以微笑，有的甚至很配合地在坦克中伸出剪刀手。更有意思的是一个警察下车对我行礼，看到我收起镜头向他示意微笑，露出洁白的牙齿，飞吻，挥手致谢。

在泛黄的莎草纸上，用埃及古文字写成的《埃及亡灵书》中有这样一段颂歌：

汹涌尼罗河，肥沃黑土地。

尼罗河之水浇灌着黑土地，养育了埃及人，

黑土地是母亲，尼罗河是她的乳汁。

让婴儿在她的怀抱里酣睡；

他们成长，并发扬了智慧。

于是，他们开始歌唱，

赞美黑土地，赞美尼罗河。

对于尼罗河的吟唱，实则是对于生的颂扬和死的坦然的诠释。关于尼罗河两岸的对应：生与死，长枪与玫瑰，坦克与红茶，文物与垃圾，辉煌

与破坏……都源自尼罗河岸，这才是真实、生动、波澜壮阔的尼罗河。

极致。出乎意料。尽在尼罗河畔的埃及。

莎草纸上的神谕——埃及古文字

对埃及的向往由来已久，这个地处非洲，与中国历史文化一样源远流长的遥远国度——埃及，被冠以世界文明古国和人类文明的发源地之一。那时，我总是好奇地看着金字塔和狮身人面像的图片，在有限的图文中幻想着埃及的模样。

在信息发达的当今，了解另一方水土并非难事，然而埃及除了金字塔、神庙之外，给我印象最深刻的就是那写在莎草纸上神谕般的埃及古文字。

尼罗河潮起潮落，天风荡荡，这条发源于东非高原布隆迪高地的世界最长的河流，是埃及的母亲河。肆意的河流在尼罗河三角洲孕育着生命和

斯芬克斯

文明，在广袤的沼泽中诞生了一种形似芦苇的水生草本植物，被称作"纸莎草"。远远望去，纸莎草在尼罗河畔摇曳生姿，顶端张开的油绿头冠好似绿色的蒲公英。

埃及古人将他们思考和行走的步履用自己的方式留在岩壁、泥板和陶片上，而早期的中国人用龟甲、竹简和丝绸书写。埃及人并不满足于使用这种简单、笨重又高成本的记录方式，他们的目光投射到了纸莎草上。第一个采用纸莎草制作草纸的人并没有被记录下来，他比中国蔡伦的造纸术还要早，但是用纸莎草造纸书写的灵感，似乎与蔡伦对造纸术的改良有着相似之处。

纸莎草

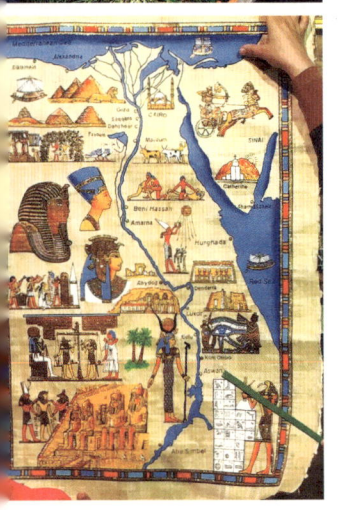

4 000 多年前的法老时代，纸莎草就是埃及人最崇尚的植物之一，被尊崇为埃及的国花，和莲花、椰枣树一起成为埃及人的至宝。纸莎草在暮夏盛开的扇形花簇被用来制做敬神的花圈，嫩枝可以充饥，挺直的茎秆被用来织席、编筐、造船甚至盖房子。用纸莎草造船出海，埃及人通过纸莎草这种植物走出了自己的视野，见识了红海以外的世界。让纸莎草充满传奇色彩的却是它与纸的姻缘，成就了古埃及历史上重要的书写材料。美杜姆金字塔出土的莎草纸画《美杜姆的鹅》，已有 4 500 年的时间，不但纸质丝毫无损，而且色泽绮丽依旧。最早的《圣经》亦是抄写在莎草纸上而流传四方。

古埃及人对莎草纸的释义为"法老的财产"，法老拥有对莎草纸生产使用的垄断权。然而，大约在公元 9 世纪，莎草纸竟奇迹般地消失了，并逐步淡出人们的视野。直到 1968 年，

埃及农民在西奈半岛的奈特隆洼地偶然发现了一片野生莎草纸，才重新恢复了这种消失2 000多年的文化传统。

我在莎草纸画店观摩了复原之后用纸莎草造纸的工艺。小雨是这位埃及姑娘的中文名字，她汉语说得很流畅，为我们演示了纸莎草造纸的步骤。她笑着先用一根纸莎草茎端的针叶在客人头部轻扫，表示祝福吉祥之意。

植物的清香扑面而来，纸莎草茎秆的底面呈三角形，埃及人称之为金字塔形，细长的针叶自然散开，油亮如针。这株朴素的植物在小雨的手中如同变戏法一般神奇地变了身：先去掉茎端，用刀片削去纸莎草茎部的硬绿皮，里面白色疏松的茎芯，看起来有点儿像去了皮的甘蔗。再将茎芯剖成薄薄的长条，用小木槌反复敲打，再用类似擀面杖的木棍将水分挤掉。之后放在清水中浸泡，这个过程大约需要6天时间。取出浸泡过的纸莎草放在厚布上，像编竹席似的排列成网状，上面盖一层布，敲打推擀后铺平再用重力压，又需要6天时间。一张草纸可以亮相使用大约需要两周时间。

小雨特地将制成的纸莎草纸接上水，纸面如同荷叶滴水不漏，即使放到水中浸湿拧干也能很轻易展开，恢复原样。大家对这种制作工艺饶有兴趣，也提出了疑问：既然象形文字都没有记载这种造纸工艺的流程和技术，那么这种造纸术又是从何而来？

"失传千年的纸莎草造纸术始终是埃及人的难解之谜。"旁边的一个埃及小伙子开口说话了，他说他叫发的乐，中文名字叫张飞，听到大家的笑声后，张飞自豪地说："我的名字是开罗大学孔子学院的汉语老师起的，他说张飞是中国很有名的人，我的同学还有叫刘备和关羽的呢。"在大家期待的笑声中，张飞讲述了复原纸莎草造纸术的传奇。

虽然莎草纸在尼罗河一度销声匿迹，可是真相和谜底终有揭开的一天。一个叫作哈桑·拉加卜的埃及男人找到了这把打开埃及文化的钥匙。1911年，拉加卜在埃及亚历山大一个名门望族家庭出生，他的履历介绍中称其为工程师、军人、外交家、科学家和实业家。年轻气盛的他曾经参加过推翻法鲁克封建王朝的革命，获得过一级共和国勋章并被授予少将军衔；先后出任驻中国、意大利和南斯拉夫大使，作为中埃建交后的第一任埃及驻华大使，在中国受到传统造纸业的启发，对中国家庭作坊式的小造纸业系统进行研究，认为这种方式非常适合纸莎草纸制造业。之后他毅然辞去官职，开始探究埃及纸莎草造纸术的复原行动，试图还原绝迹的古老技艺，但困难重重。最严酷的现实是纸莎草在尼罗河畔已经不见踪影。拉加卜沿尼罗河溯流而上，终于在苏丹南部的尼罗河岸找到了野生的纸莎草。惊喜

莎草纸画作

若狂的拉加卜知道机会来了，他先把苏丹的纸莎草移植到开罗南郊尼罗河上的雅克布岛进行试种，却没有一株成活。他毫不懈气，改进方法，也许是苍天不负有心人，纸莎草竟然奇迹般复活了。然而，古人究竟是怎样将这株植物变成书写载体的呢？关于古人的造纸技艺和工序无章可循，拉加卜苦思冥想，他细心观察，从法老古墓中出土的莎草纸文书的纹理上做深入研究，借助中国的传统工艺进行了多次实验，最终找对了方法，成功复原了古埃及人的造纸术。有人评价：拉加卜发动的是人类史上一场具有历史意义的革命，被称为莎草纸的"再生之父"。

细细观看那些绘制在莎草纸上的画，那些曾在金字塔法老墓壁、神庙廊柱上的精美彩绘，那些古埃及人的神话传说和梦想，以及法老时期宗教生活、狩猎征战的情景记录，在保留着植物原生态肌理气息的莎草纸上活色生香，诉说着尼罗河畔远古的回声。

色泽雅致的浅黄粗纹草纸上，长着一棵枝叶繁茂的树，这棵树被埃及人称为生命之树，五只色泽、神态各异的鸟儿，浓缩了生命的历程；弓着身体的天神之下是尘世的家园和人群，那些形态各异的树木和动物，在神的佑护下旺盛而惬意地生活着；王后正在给法老的胳膊敷药，椅子后面的椰枣树和纸莎草枝繁叶茂，狮子和蛇是守护神，锦鸡和白鹤在天空中飞翔……泛黄的莎草纸，富有装饰性的图案，仿佛是一杯酿造千年的老酒，流淌着历史的久远和神秘的氤氲之香。

关灯后的莎草纸画在黑暗中发出烁烁荧光，场内一片嘘声惊呼。小雨说绘画一幅莎草纸画，画家需要近一个月的时间才能制作完成，包含半个月制纸时间，半个月绘画时间。莎草纸画所用的颜料最初仅有红、黑两色，红是砖红，黑是墨色，一般用来填实或勾勒轮廓。随着画技的发展，作画颜料更加丰富了，主要是从动植物和矿物原料中提取，人们从绿松石中提取绿颜料，从孔雀石中获取蓝色调，在黄藤中抽取黄颜色，从赤铁石中找

到红色，从煤精石中分离出黑色。天然的植物汁液与矿石粉混合之后，呈现出色泽绮丽的金属般的光泽，经年不褪。在天然莎草纸上行笔作画，有中国古画年深日久后的成色，带着几分时光的沉静和古雅。

在 5 000 多年前，古埃及人已发明了象形文字。这种文字写起来缓慢且优美，笔法拙朴而有韵味。然而随着时光流逝，最终连埃及人也忘记了如何释译，忘记了法老的真正意图。后来经过法国学者让·弗朗索瓦·商博良的译解，人们才又重新认识了这种死文字的释义。

来自于图画的象形文字，是人类最原始的造字方法，与苏美尔文、古印度文和中国甲骨文一样，它是从最简单的图画和花纹演变而来，最初仅是一种图示，逐步发展为表意、表音和部首文字。直到象形文字的图画性减弱，象征性增强。在神庙的泥墙壁上，在方尖碑、金字塔上，在法老的饰品上，在莎草纸上，都能看见那谜一般的文字。它们可以从右到左，也可以从左到右，或者从上到下拼读书写。这如同神符般的

文字当时只有少数人掌握着书写大权，僧侣或书吏是主要的执笔者，他们用纸莎草的茎秆为笔，庄严地记录了古埃及人迁移的步履和思想。

1799 年，拿破仑远征埃及，在罗塞塔城发现了一块黑色玄武岩断碑。碑文用两种文字三种字体篆刻，上面是古埃及象形文字，中间是古埃及草书体象形文字，下面是希腊文字，这就是著名的罗塞塔碑。然而当时无人看得懂碑文上的文字，11 岁的法国语言天才商博良从小就是一个"埃及迷"，他立志要揭开罗塞塔碑上古埃及文字的秘密，让石碑说话，告诉世人古埃及的秘密。为了研究象形文字，他刻苦研读，钻研了 21 年。1822 年，商博良宣布破译出了象形文字，才拨开了 1 000 多年间笼罩在罗塞塔碑的迷雾。

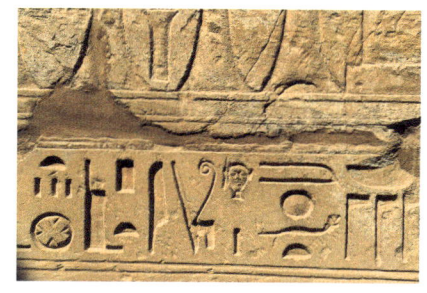

埃及象形文字

公元前 196 年，因为刚即位不久的国王取消了僧侣们欠交的税款，并为神庙开辟了新的财源和特殊的保护措施，赢得了僧侣们的爱戴。孟菲斯的僧侣们将写给当时第十五王朝法老托勒密的一封信，用三种字体写了两种文字，将赞美之情刻在这块碑石上。

对于生死的参悟，是法老追求权力、长生不老、臆想永远统治子民的体现，象形文字正是他们对于永生的一种祈福，所以只有法老和王室成员才能使用，他们把这些奇特的咒语刻在金字塔的内壁上，被后人称为金字塔铭文。在中王国时期，王室的特权开始为贵族官员们享有，这些祈福咒语被刻在棺材上，称为石棺铭文。当莎草纸出现后，这些咒语被写在纸上广泛用于民间，并称为《埃及亡灵书》。

《埃及亡灵书》虽然被称为书，实则只是一部象形文字的组合。这部奇异之书是世界上最古老的文化源头，有200多个章节，包括祈祷文、颂歌和咒语等。古埃及认为，人死后要通过阿努比斯神的审判，使神灵相信自己的善良和虔诚。使自己能够到达天堂。被埃及人称为"祈求来生的手册和万人升天的指南"，他们相信这些神秘的符号可以帮助死者顺利到达来世。

欧洲人认为埃及古文字是神的文字，在与古埃及相隔 5 000 年的时光壁垒中，人类在努力破解神谕，渴望揭开迷雾，打通壁垒，聆听神启之音。

地中海新娘——悲情之城亚历山大

庞贝柱

传说马其顿国王亚历山大大帝在远征前会把自己的财产全部分给部下，说："我只把希望留给自己。"当他在地中海沿岸登陆埃及，惊喜地称这里是"地中海新娘"，并把自己的名字赐予了这个白浪逐岸、椰林遍布的小港口。自此，亚历山大城一直保留至今，已经有 2 300 多年的历史。张骞出使西域，汉武帝的使臣最远曾经抵达犁轩国，也就是今天的亚历山大港。

从开罗通往亚历山大的高速公路，是目前埃及最好的一条路。从亚历山大港进出的物资均从这条路流进开罗和埃及的四面八方，2 000 年前也同样如此。据说这里四万年前全是海水，之后海退成沙，路两旁黄沙遍布，如今全部被开发成绿油油的私人农场，投资的外国人引地下水在沙地中种西瓜、橘子、埃及棉花和椰枣，又把这里变成财富和希望之地。

濒临地中海的亚历山大城是埃及最大的海港和全国第二大城市，也是世界历史名城，建于公元前 332 年，是希腊、罗马时期地中海政治、经济、文化和东西方贸易的中心。

抵达亚历山大，阳光充沛，天蓝通透，遥遥可见的一线海水如同镜子般闪亮。市区拥堵，路两旁的树叶蒙着灰尘，街道显得杂乱无章，楼房破旧斑驳，垃圾随处可见，许多楼房工地正在修建中。路上还有装着草料袋的马车，恍然将我拉进上一个世纪。在嘈杂无序的街头，慵懒的埃及猫在高高的砖垛上睡得昏天黑地。尘土飞扬，道路粘满泥土，偶尔有破旧不堪的电车贴满了牛皮癣广告，缓缓驶过，更像从另一个时间穿越而来。侯赛因告诉我说，这种有轨电车是 25 分埃镑，只是太慢太慢，他常常会在一个小时后忘了自己要去哪里。

亚历山大城的城徽是著名的庞贝柱，当我远远地隔着窄巷看到它时，这桩直插云霄的擎天柱，除了用仰望的姿势之外，就是惊叹。在荷枪实弹的警察护送下，进入院内安检。高达 27 米的花岗岩石柱，柱顶为花形科林斯柱头，它似乎有一种引力，让人不由自主地奔向它、仰视。把手放在石柱上触摸，千年历史从这里流泻。

庞贝柱最早被认为是献给罗马将军庞贝而命名的，后来柱底部的碑铭被破译后才真相大白：圆柱建立于公元 291 年，埃及执政长官波思吐莫斯在赛拉比斯神庙的广场中央建石柱，以示对罗马戴克里先皇帝远征平叛的功绩感恩。在柱基石壁上刻有四行字，依稀可辨："为战无不胜的亚历山大监护神，公正的戴克里先皇帝，波思吐莫斯谨立此柱。"

这里曾是希腊 – 埃及萨拉皮雍神庙的遗址，最初建于托勒密三世，而初建不久的神庙在很短的时间就被毁了。在冬日微凉的海风吹拂下，我经过这些残垣断壁，偌大的空地上据说曾有 400 多根从阿斯旺采石场加工的花岗岩柱伫立在此，而现在只有这唯一的

萨拉皮雍神庙遗址

一根石柱保存下来，显得高大悲壮，它的矗立即成为航海者的航标。公元641年，阿拉伯人随着地中海的滚滚波涛浮出，占领亚历山大城时，这根石柱在400多根石柱中高耸而立，犹如帆船桅杆，于是称之为"萨瓦里柱"，阿拉伯语意为"桅杆"。

石柱西侧的土阶下有幽深的长廊，长廊的尽头是一尊黑牛神像，在昏暗的光线下犹如幻影，而它的眼神威严、包容。1895年，人们在石柱旁的岩洞里发现了这尊赛拉比斯神像，用黑色闪石岩雕成，牛犊的两角间有一日轮，两耳朝前张开呈喇叭状，据说这是在倾听人民的呼声。

另一侧长廊内有一条宽阔的地道，两旁岩壁凿出放置油灯的小洞。有人说这是赛拉比斯神庙的附属图书馆，还有人说这里是古代亚历山大图书馆的分馆。公元48年，亚历山大图书馆被战火付之一炬，部分从火焰中抢救出来的莎草纸图书被运送迁移至此。

古代的蓄水井被保护得很严密，庞贝柱前的两尊狮身人面像匍匐守候着这座城的精神支柱。废墟的周围是现代高楼民居和车水马龙的喧嚣，人间烟火与神的居所几乎只有一栏之隔。浓烈的阳光将阴影投射到荒弃的残垣断壁上，与高擎的石柱有天上人间之别。废墟中的草木油绿旺盛，开着星星点点的小黄花，也许神庙把不熄的生命力转移给了这些蓬勃生长的植物。

　　虎儿惊呼：看，一只大猫！果然有一只硕大的黑猫，在废墟中跳来跳去，行动敏捷，毛发在阳光下油光发亮。虎儿说，石头后面还有一只大猫呢。的确，一尊石头后有一条毛茸茸的大尾巴甩来甩去，威风凛凛。据说埃及人宠猫，敬猫如神，把猫视为神圣的精灵。在他们心中，猫是女神在人间的象征，是幸运的吉祥物，是受人崇敬的国兽。那些猫在2 300年前的神庙、石柱中穿行，显得既惬意又有主见。

　　从东港港口至恺撒宫之间的海滨大道，总有湛蓝的地中海如同幕布袭来，喝着鲜榨的甘蔗汁，带着甘甜的滋味兴致勃勃地看欧洲建筑风格的街景，还有穿插在其中清真寺高耸的尖塔和球状屋顶，光给亚历山大涂上了一层暖暖的橄榄油。街头的咖啡馆、叮当而过的马车仿若又将我的思绪切换到上一个世纪，无论是希腊、罗马、波斯、奥斯曼帝国，还是阿拉伯、法国、英国的殖民者，无一例外地随着地中海的波浪登陆，亚历山大城的历史呈现的是一部世界编年史。

　　通往法鲁克国王皇室夏宫的花园，路两旁是高大笔直的椰枣树，一座正在修建的尖顶欧式建筑上可以看到频频出现的字母F。据说一个报喜人

告诉福阿德王，字母 F 将给他的家庭带来好运，从此他和他的儿子法鲁克给子孙后代取名都以 F 开头。这里原本是王室避暑地，现在成了公园。一群 10 岁左右的孩子，正在如茵的草地上玩游戏，孩子们看到我们显得很兴奋，不时听到他们用汉语说"你好、你好"的热情问候。

穿过一座石头小桥，地中海的海浪气息扑面而来。鸥鸟飞过，海风沁凉。海滨有垂钓的老人，静静地看海，即使没有鱼，独钓整个碧波白浪也是人生的无尚满足。

在海边的一家埃及餐馆等待用餐，喝一杯埃及红茶，看窗外尖顶教堂、白色帆船及鸥鸟飞翔。眼睛俊美的侍者端来一份精美的餐盘，里面装着烤鱼、煎虾、蛤蜊和埃及米饭，就像一幅精美的盘雕，只是入口的滋味并不如意，也许中国人对于舌尖上的口感过于讲究，这份好看的埃及餐只能作为埃及记忆中的一部分。

沿着海滨，经过亚历山大图书馆，从外观上即是圆柱、金字塔和穹顶的巧妙结合。亚历山大图书馆建于公元前 259 年，当时的中国正是诸子百家思想交汇的春秋战国时期。而在文明发源地的埃及托勒密王朝，当初建

亚历山大图书馆的唯一目的是"收集全世界的书",实现"世界知识总汇"的梦想。历代国王为此不惜一切手段:下令搜查每一艘进入亚历山大港口的船只,只要发现图书,不论国籍,马上归入亚历山大图书馆。传说当时古希腊三大悲剧作家欧里庇得斯、埃斯库罗斯和索福克勒斯的手稿最初收藏在雅典档案馆内,后来也被收进了亚历山大图书馆。记载中称,极盛时馆藏各类手稿约 50 万卷,而且多是珍贵的纸草卷。

亚历山大图书馆

只是这座汇集人类灿烂文明的图书馆却命运多舛,两次被烧。公元前 48 年,罗马将军尤利乌斯·恺撒为追杀劲敌庞培到亚历山大城,随后介入埃及女王克莉奥佩特拉姐弟争权夺利的内战。在恺撒发动的这场战争中,几万册书籍在亚历山大城被焚毁。希腊历史学家巴鲁塔里克说,恺撒对敌人采取火攻,"大火在军用船坞蔓延,烧毁了大图书馆"。当时,图书馆藏书约有 40 万卷被烧毁。为弥补这一损失,恺撒将从其他地区掠夺的 20 万卷图书讨好地赠送给克莉奥佩特拉女王。另一场战争是公元 4 世纪罗马帝国皇帝狄奥多西一世发动的宗教战争,公元 391 年,他下令拆毁亚历山大城所有的异教教堂和庙宇,那些狂热的教徒随即将萨拉贝姆神庙夷为平地,位于其中的亚历山大图书馆难逃厄运,那些珍贵的书籍被大火焚烧殆尽。600 多年历史的亚历山大图书馆在地中海沿岸消失了,只留下传说。

眼前崭新的图书馆矗立在老图书馆的旧址上，俯瞰地中海的海斯尔赛湾。花岗岩外墙刻着包括汉字在内的世界上 50 种最古老的文字、字母和符号，而最为可惜的是在人类文明发源地之一的尼罗河流域，人类却丧失了他们祖先发明的文字。

一座明黄色石灰岩修建的城堡矗立在海边，它的前身是世界七大奇迹之一的亚历山大灯塔。历史中记载灯塔建于公元前 280 年，塔高约 135 米，曾为无数船只、水手领航，为在海上漂泊的埃及人找到回家的方向。可是却历经多次地震，在 1435 年完全毁坏。1480 年，阿拉伯人在这里重修城堡，以国王卡特巴的名字命名，与开罗古城堡并称为埃及中世纪两大古城堡。

灯塔的修建源自于一个悲情的传说，一位埃及皇室从欧洲迎娶了一位美丽的新娘，而在月黑风高之夜，由于找不到登岸港口，全船触礁而亡。这一消息震动了埃及上下，于是修建一座引航的灯塔成为大家共同的意愿。

卡特巴城堡

用了 20 年的时间，这座灯塔终于在法罗斯岛的礁石上建成了。希腊的设计师将塔分 3 层，底层是四角柱，中间一层是八角柱，最高一层是八根圆柱撑起一个圆顶，螺旋通道旋转着通向顶部，可以与海神波塞冬的雕像对视。第三层有一面巨大的镜子，白天反射日光，夜晚反射巨大火盆中的灯火，据说灯火能映射到五六千米外的海道。在长达 1 500 年的时间里，亚历山大灯塔一直在黑夜中为水手们指引进港的路线。

我在浪花逐岸的堤岸上散步，也许 2 000 年前埃及艳后曾经在这里等候过罗马人的军队，等候过命运的转机。而此刻的古堡堤岸，人们在那里静坐、聊天、嬉戏，那些在我的镜头中展开如太阳般灿烂笑容的人们，是埃及人，是法老的子民，也是目击沧海桑田的见证者。眼前的城堡散发着金子般的光芒，依然是亚历山大港口标志性的建筑，然而在落日的余晖中，我不得不黯然神伤。侯赛因说，由于海平面上升，也许 80 年后，亚历山大城将沉入海底，不复存在。

离开亚历山大城的时候，路两旁光芒闪烁的是蓝莹莹的海水，海边围绕着高楼大厦。亚历山大，人类的居所。如果 80 年后我们的子孙真的只能在海底一览它沉没的容颜，岂不又是人类的一大悲剧？在亚历山大的城

市记忆中，天灾人祸连接不断，可是它却依然美好，美好得像一个不愿醒来的梦。带着无法释怀的忧伤，不断回头张望，再看一眼吧，美丽的地中海新娘。

寻找埃及艳后

在亚历山大港，无论是蓝色的地中海、白色的帆船、纷飞的鸥鸟，还是跑在滨海路上哒哒的马车，似乎都被一种异样的气息笼罩着，似乎是一种无所不在的光染在这座著名的城市上空。名气斐然的埃及艳后似乎成了埃及和亚历山大的代名词，她的罗曼史被酿成了埃及香料。提及埃及艳后，空气里悠悠弥漫着一种既神秘又危险的味道，这种味道源自于这个传说中的女人，因为她与世界战争史上两个著名的男人尤里乌斯·恺撒和迈克·安东尼有关，因为她用美貌与才华保全了自己的王位及国土。这个情商奇绝的女人就是克莉奥佩特拉七世，她也是我探寻丝绸之路终点的一个绳结。传说因为这个女人对中国的丝绸情有独钟，因为渴望和喜好启动了源源不

断的驼队和丝绸订单涌向东方。亚历山大港曾被马可·波罗称为与中国泉州刺桐港齐名的世界第一大港。

克莉奥佩特拉七世是古埃及托勒密王朝的最后一任法老,这个女法老被称为"所有诗人的情妇"和"所有狂欢者的女主人"。据说罗马人对她痛恨至深,因为她差一点让罗马变成埃及的一个行省;而埃及人称颂她是勇士,因为她为弱小的埃及赢得了 22 年的和平……

公元前 69 年,克莉奥佩特拉出生在亚历山大的埃及王宫。18 岁登基,已是如花似玉。按照传统,她必须嫁给她的弟弟托勒密十三世,两人共同执掌埃及。在罗马帝国强盛崛起征服各方的时候,埃及皇室姐弟却在争权夺利搞宫廷斗争。当恺撒的军队潮水般地在亚历山大港登陆的时候,在争斗中失利的克莉奥佩特拉知道自己翻身的机会来了。一个从地毯中翩然而出的美女,一亮相即是如此惊世骇俗。虽然当时克莉奥佩特拉的处境并不如意,而这种独出心裁的出场俘虏了百战不殆的恺撒。克莉奥佩特拉如愿登上了埃及女王的宝座。

恺撒被刺死后,克莉奥佩特拉的生命中出现

克莉奥佩特拉雕像

了另一个男人——罗马的另一位将军安东尼。在金尾画船上，克莉奥佩特拉扮成"临凡的女神"，使得安东尼乐不思蜀。安东尼为了博得女王的欢心将罗马的征服地赠予克莉奥佩特拉七世及其子女，还为她休掉了自己的妻子——罗马大将军屋大维的妹妹，也因此在亚克兴大海战中失败而自杀。

克莉奥佩特拉生命中第三个男人与死神一起出现了。公元前31年，屋大维抵达埃及，要将克莉奥佩特拉带回罗马示众，克莉奥佩特拉深知征服不了敌方，就只有死路一条，万念俱灰的她用一条装在无花果篮子里的毒蛇结束了39岁的传奇生涯。她的冥文上写着永生。

世界史上三位重量级的罗马人——恺撒、安东尼、屋大维，都和埃及艳后紧密纠缠在一起。传说中克莉奥佩特拉被描绘为娇媚如花的妖妇，擅用姿容征服男

人为她效力，引发了许多重大历史事件，甚至可以说改变了世界历史发展的进程。法国哲学家帕斯卡慨叹：倘若克莉奥佩特拉的鼻子稍短一些，整个世界的面貌也许会是另外一个样子！

然而英国博物馆一度爆出惊人的消息，他们认为埃及艳后其实身高不到160厘米，体型偏胖，脖子上满是赘肉，一口坏牙。还展出了11尊女王的雕像，这些雕像看起来很平常，没有一丝美艳的模样，脸上轮廓分明，显得非常严厉。

然而埃及人却异口同声地坚持说埃及艳后是美人，他们认为她"更像是一个女学者而非热情似火的情人。她的第一语言是希腊语，但她也说拉丁语、希伯来语、亚拉姆语和埃及语"。侯赛因说：在埃及人的心里，克莉奥佩特拉是爱神伊西斯的化身，象征爱情和生育，是所有人的庇护神，因而极受古埃及人的尊崇。否则两位声名显赫的罗马大将军怎会不顾一切地拜倒在她的石榴裙下呢？

中世纪阿拉伯文献中，克莉奥佩特拉则被记载成一位富有才华的数学家、化学家和哲学家，她写过好几本关于科学的书，她的宫廷也绝非淫荡之所，而是知识分子聚会的地方，经常和一些科学专家开会讨论科学难题。达利在《埃及古物学：迷失世纪》一书中写道："阿拉伯人经常将克莉奥佩特拉称作'善良的学者'，经常引用她的科学著述。"她在建筑领域也颇有见树，将尼罗河的水引到亚历山大城，就是她的提议。

试想一个18岁妙龄女子继承父位当政，单凭色相难以统治国家，顺服臣民。要想威慑天下、治国安邦，一定得凭聪明智慧和丰厚的文化才识，才得以在大国、强敌的威胁侵略下游刃自如，保全自己。据称，克莉奥佩特拉与罗马将领们相处的三件武器是泼辣、聪慧和温柔。

考古学家在木乃伊中找到"埃及艳后"当年亲笔签署的政令，发现克莉奥佩特拉是位深谋远虑、足智多谋的统治者。考古探险队潜入亚历山大港外海的海底，他们在水下惊讶地看到了一条又一条的街道，一座又一座的雕像，据考证这就是毁于公元4世纪地震海啸灾祸的亚历山大古城，埃及艳后和她最后的情人安东尼共筑的皇宫即在这里。繁盛时期的亚历山大港分几个区：犹太区、埃及区、皇城和希腊区。整个城市由平行的街道"合

纵连横"围成一座有规模的方形城池，街道下装
有排水系统。

　　由此可见，在克莉奥佩特拉七世统治时代，
古埃及的经济文化相当繁荣。作为希腊化时期的
头号城邦，这里的居民多达 70 余万，主要有埃及
人、希腊人和犹太人，还有波斯、叙利亚、阿拉伯、
罗马、腓尼基等民族。当时海港往来船只货轮频繁，
是地中海最大的商业贸易中心，主要出口上等的
亚麻、玻璃器皿、纸草和粮食，当然这里的港口
也迎来了一种让女王朝思暮想的织物——中国的
丝绸。

　　早在丝绸之路出现之前，丝绸就已经从中国
走向了世界。诞生于公元前 5 世纪的《旧约》中
就曾两次提到丝绸，并称之为"最美的织物"。中国的丝绸热迅速风靡贵
族上流社会，与罗马两代君主有着密切关系的克莉奥佩特拉自然也得到了
这种罕见之物的馈赠。丝绸的轻薄滑爽，正适合在亚历山大炎热的夏季穿
着，丝绸的柔亮华美衬得女王肤若凝脂，可以想象得出，征服罗马将军的
女王身着丝绸的美艳风采。

　　我在神庙、壁画中寻找埃及艳后的踪迹，假发浓黑，黑色的眼线和眉
毛占据大半侧脸颊。那时候古埃及人喜欢将铅粉或孔雀石粉末与油脂混合，
涂在眼圈及睫毛处，既能降低烈日强光，又使眼睛显得又大又亮。也许，
两位罗马将军都是在这样的一双美目下迷失方向的。

古埃及人喜欢用香料的传统由来已久，香料是制作木乃伊必备的物品，在生活中的运用就更为广泛了，他们将花香混合在动物油脂中制成香油或香膏，涂抹在脸上、头发上、身上，这就是香水的雏形。在开罗闹市区的香精店里，一位自称中文名字叫刘德华的温文尔雅的男子向我推荐了一款名为"埃及艳后"的香精。他推销的理由很充分：埃及艳后之所以如此迷人，正是因为身上这种撩人的香。

在亚力山大的街头漫步，我的目光在那些包着头巾、步履亭亭的女子身上寻找埃及艳后的影子。虽然克莉奥佩特拉与现在的埃及女子相距 2 300 年，而同在地中海的阳光沐浴下，共饮流水不腐的尼罗河水，她们依然成为我研读埃及女王的自然摹本。然而，现在的埃及女子已经不戴绚丽的假发，少用深色眼膏涂眼线和眉毛了，大多用严实的深色头巾包着头发，穿素色长袍或长裙，服饰朴素，笑容单纯。

在卡纳克神庙门口，遇到一张灿烂笑脸，这个年轻的女子夸我的鞋子 very beautiful，那天我去神庙穿的是一双白色坡跟护士鞋，我在鞋面上绘制了一朵红色莲花。在异域他乡得到赞赏，自然非常高兴，我告诉她这是我的手绘 DIY。我们坐在阳光充沛的古城废墟上聊天，她围棕色的头巾，戴

黑色手套，深棕色的肌肤光洁饱满，眼睛黑亮，充满善意。她说话的语速很快，声音琅琅悦耳。她说她就出生在卢克索，叫安塔莉安，虽然一睁开眼睛就在安拉的赐福中，但是她依然对古埃及的历史很感兴趣，常常会来到神庙静坐，聆听不一样的声音，感受历史的博大和深邃。她认为中国对于她太远了，那个和埃及一样古老的国家很神秘。而当地人想去中国是件很困难的事，可是见到的中国人都感到那么友善，像好久不见的老朋友一样。

关于我提到的埃及艳后克莉奥佩特拉七世，眼神明亮的她用斩钉截铁的口气说：她是真正的女王，风华绝代，埃及的骄傲！

出埃及记

读着《圣经·旧约》中的《出埃及记》去看红海，红海不红，海水靛蓝。人在海里如同游在蓝玻璃中，那蓝单纯得让人眩晕，像打翻的颜料罐。希伯来人对红海有神话般的描述，他们在摩西的带领下离开法老的压迫，被

法老追至红海岸边无路可去的时候，上帝说话了，并将红海分流，让希伯来人从中间安然渡过，而法老的追兵则葬身海底。当我抵达红海，却发现无论是法老的辉煌与暴虐，还是在埃及发生的惊心动魄的灾难及出逃，都被红海浩荡的海浪抚平了。

在红海省赫尔格达，绚丽的阳光使得高高的椰枣树挺拔生姿，红白三角梅花香气袭人，点燃了整扇墙壁。经过一棵棵修剪成神鸟形状的树，是光给予它们无限神采，让我相信它们应该是活的、自由的，刚从天界飞落此地而已。被红海唤醒的晨光里，远处的海是每天最大的惊喜，一带钻蓝由远及近镶金戴银。夜晚总是无法入眠，盛大的潮声引发思绪漫游。从古到今，从丝绸之路的起点到终点，由驼队串起的东西方驿站如同布景置换，丝绸、香料、玻璃和葡萄酒在驼背上一程又一程……坐在看海的阳台，点

点星光从屋顶的缝隙中渗露，这样的涛声和星夜，应该有葡萄酒、诗和琴声匹配。

撒哈拉沙漠

途经苏伊士湾，远处是一带明蓝的海，衬着土黄色的沙漠，天空布满了大块铅色的云朵，海上风云际会，不一会儿就露出湛蓝的天空。据说这里是《出埃及记》中所讲的地方。苏伊士运河是亚洲与非洲的分界线，也是亚洲、非洲与欧洲间的水上通道，是往来最频繁的水运航线之一。看到湛蓝的海和闪烁着诱人光泽的海滩，忍不住想往海边走走，然而望山跑死马，海看似在眼前，却需要越过脚下的湿软沼泽，一不小心便是满脚的泥，原本聚集在海滩踱步的海鸥全都惊飞了，而翼翅飞翔的对岸即是地处亚洲的西奈半岛。

离开海的视线，就是无尽的沙漠。当我在世界第一大沙漠——撒哈拉沙漠上涉沙行走的时候，流沙艰阻，阳光暴虐，漫漫黄沙让我想到一句话：让你疲惫的不是远方，而是鞋里的一粒沙。

对于撒哈拉沙漠的认知，从台湾作家三毛的作品中最先看到，这个奇女子用自己独特的声音对这片土地吟唱：前世的乡愁铺展在眼前，一匹黄沙万丈的布……

乘越野车越入一个又一个沙丘，四面八方几乎都是同样的景致，无法辨析东南西北，而当地的贝都因族人却能准确无误地找到他们在沙漠中流动的家。习惯在沙漠中生活的贝都因人，是沙漠中的游牧民，逐水草而居。

寻找牧场和水源，就像一条线贯穿贝都因人的整个历史。政府鼓励他们定居，而生性自由的民族仍然延续祖先的习俗，在沙漠中游牧，他们按季节和固定路线，由一处奔赴另一处，经常要走 400 到 800 公里。

　　沙漠中的游牧离不开骆驼，贝都因人把骆驼视为生活中不可或缺的"衣食住行全天候朋友"。《圣经》记载，公元前 11 世纪，米底人进攻以色列时，把骆驼从阿拉伯半岛西北部带到巴勒斯坦和叙利亚。公元前 7 世纪，亚述人进攻埃及，驯化的骆驼传入北非及撒哈拉沙漠。丝绸之路中骆驼是文明的助推器，这种在沙漠中耐渴耐旱的动物已经行走了近万年。

　　塔里木盆地常见的是双峰驼，而在撒哈拉沙漠所见的均是单峰驼。这种骆驼个头比双峰驼略高，躯体也较双峰驼细瘦，腿更长。虽然不及双峰驼坐着舒适，却非常适应沙漠环境，可以连续好几天不喝水，体能可以保持五到七天。5 岁的小姑娘瓦塔的爸爸是我乘坐的这匹白骆驼的主人，他们把骆驼称为"养父和养母"。

　　骆驼于我并不陌生，它们对人非常友善、耐心而善解人意。要想顺利骑乘一匹骆驼，必须先和它进行情感交流，眼前的这匹白骆驼通过跺脚和响鼻表现它对陌生人抵触的情绪，一个中国游客大呼小叫地从驼背上下来说，这头骆驼脾气好大，一路上它还"吐痰""踢腿"呢。而他的主人则

用鼻子发出和骆驼一样的声响,那倔强的骆驼立即理亏似的低下头,乖乖地屈下前腿,跪在沙地上。

瓦塔出生在撒哈拉沙漠,妈妈生她的时候要去山那边,这是当地人的风俗。乖巧的瓦塔很聪慧,学习我说话的尾音及我叫她名字的发音,还很快学会说"谢谢""再见"。她家住在沙漠腹地一处简单的居所,用苇草和树枝搭建,他们明天就要迁徙,不知去向何处。

在简陋的生活环境中,我却尝到了贝都因妇女制作的饼,黑袍蒙面的妇女用木棍擀着一张面饼,然后放在骆驼粪燃起的火塘中烤制,不一会儿,面饼的香味袭来。沙漠中的一张面饼是游牧的最佳给养,他们用极简的工具却烹制出美味而朴素的果腹之食。

瓦塔的妈妈说她每天清晨要做三件事:饮骆驼、捡晒干的骆驼粪、回家烤烧饼。在生活资源匮乏的沙漠,骆驼粪是唯一的燃料,用它烤出来的烧饼有一种特殊的香味儿。

另一间用芦苇树枝围成的屋里,摆着一架木头制成的织机,上有正在织的各色羊、驼毛纺线,宛如一道彩虹。墙上挂着不同尺寸的装饰毯,色彩明快,有的绚烂粗犷,有的把自己最爱的骆驼、家财织在挂毯、坐垫上,还有对生活的憧憬和希望,用这毛线织出了全家的温暖。贝都因人在沙漠

中流动的家，因这五彩的织艺而倍感温馨。走累了，在荫凉的屋檐下席地而坐，沙土中浮出的坐垫正是贝都因妇女的杰作。喝一杯埃及红茶，品那苦涩的味道，贝都因人会笑着给你添加一勺糖。是的，没有糖的埃及浓茶怎么行？斑驳的搪瓷缸子上有熟悉的字迹，侯赛因说这个是从中国来的。喝着茶，四处寻找水源地。瓦塔指着身后架起的一座拱形门，说那里面是贝都因人在沙漠生活的秘密——水井。

当地时间下午 17：26 分，太阳结束了一天的巡行，从撒哈拉沙漠的莫格利亚山落下。而星星就在微暗的幕空中跳了出来，一颗、两颗、三颗……愈往前走，暮色愈深，星星愈多，汇成一条璀璨星河，每一颗星都是一颗南非钻，只是长焦镜头也没能留下星河的美。躺在无边的沙漠中，任黑夜覆盖，仰望星空，琢磨着埃及古人对生与死的思考。

天上有多少星星，地上就有多少人群。从沙漠旷野走向繁华集市，大量的人流、车流拥堵在埃及的首都开罗。而我们要去的地方正是人流最密集的老城区汗·哈利里市场，还未进入集市，就发现街上的行人车流陡然增多，好像全埃及的人都涌到这里了，行人面貌各异，好一座天然的人种博物馆！

车停在荷枪实弹的警察旁，四周有高大椰枣树的广场上人头密集，人群三三两两，有的坐在路沿边，有的站着寒暄，头上顶着货品的小贩在人流中来回穿梭，稠密的人群后面是一尊明黄色的伊斯兰建筑，高高的宣礼塔尖上挂着银光闪闪的弯月。这就是埃及最大、最古老的集市，已经有600 年的历史。这里原本是法特梅三朝后裔的墓地，公元 14 世纪，埃及统治者汗·哈利里以法特梅以叛教者无权建墓地为由下令拆毁墓地，并出资以自己的名字建造了一个集市，现在它已成为开罗古老文化和东方伊斯兰文化的一个混血儿。

整个市场由几十条长长短短迷宫一般的小街巷、大约几千家个体小店组成。道路狭窄，街道两旁挤满了各种小店铺，空气中弥漫着一种无以言表的异香，虎儿在下飞机的时候就闻到了同样的味道，我称之为埃及的味道。巷口旁是露天的咖啡馆，一家咖啡店的二楼阳台上插着七八个国家的国旗，看到中国的五星红旗，国人都会禁不住地激动，对这里倍生好感。人声嘈杂，人流不断，卖东西的人和买东西的人一样多，行走的通道被挤得密密匝匝。一路上店家会很热情地用各种语言招呼你，英文、中文、日文，不过听到"你好""进来看看不要钱""我爱中国"这样的招呼时，同胞们消除了紧张情绪。很多中国游客在琳琅满目的商品中挑花了眼，却担心在国外买上"MADE IN CHINA"的商品。然而，侯赛因提醒道：实际上汗·哈利里市场上百分之九十的商品都是来自于中国。毋庸置疑，中国已经成为世界的加工厂，物美价廉的中国商品再一次通过新丝绸之路的开启抵达世界各地，抵达千家万户。

金光闪闪的首饰制品，光彩夺目的铜盘石雕，镶着亮片的皮货服饰，阿拉伯水烟及传统手工艺品，还有香料、食品、箱包、乐器……林林总总，目不暇接。在人声鼎沸的集市里边走边看，这个集市看起来很混乱，让我不由得想起了乌鲁木齐、喀什、比什凯克、奥什、伊斯坦布尔等丝路沿线的集市，有着相似之处，也许混乱即是一种秩序。此时，不远处的侯赛因清真寺的宣礼塔中传来了悠扬的诵经声，邦克的声音穿透了整个市场，而集市依然溢满了人间烟火。

走在开罗街头，随处可见的是大批已经住了人的烂尾楼，政府承诺只要盖楼就免费通水电，而建筑封顶后才开始收税，所以开罗的房子"永远盖不完"，大部分都是"上不封顶"。路边的房屋多数显得破旧不堪，垃圾袋随处可见，汽车在路上横穿竖插。在这里，恍有时光倒流之感。而我在博物馆回溯埃及人的辉煌历史，不由得大开眼界。那辉煌的历史与如今现实中的埃及有着清晰的界限和断层，如今的埃及似乎将法老留给他们的钥匙遗失了，与法老之间隔着数不尽的光阴壁垒。

可是即使现状并不景气，埃及人对自己的国家依然充满自豪感。侯赛因说：那些先进国家目前有的现代文明可能埃及暂时还没有，但相信几十年后埃及会有的，然而几千年的灿烂文明的源头——埃及，永远只有一个！

丝绸之路示意图

后　记

思无忌，行无疆

　　踏上丝绸之路，是偶然，也是必然。这条
路起伏延展在我的生命之途，30 年前蛰伏着，
潜藏着；30 年后即在脚下，铺展开来，以我所
居住的乌鲁木齐为圆心，从长安到地中海，一
路走来。回头望去，竟然用了将近 10 年的时
间。这 10 年的光阴里，好像有一颗不熄的火种，
慢慢地燃起，将隐在生命中的一条暗线牵引到

了明处。这 10 年间，从无知者无畏的行走到有目的的深入探访和思考，我用脚步丈量了古籍中的地名、传说，揣度、辨析隐在历史尘烟中的过往。

曾经痴迷于大汉天子的指令。西汉是个颇具创造力的时代，尤其是心怀天下的汉武帝，缔造了东方的文明和神话。顺着他的手指，一个叫张骞的探险家诞生了。从公元前 138 年，张骞西行凿空丝路开始，两千年的时光就这样在弹指一挥间流逝。在这条丝绸铺就的路上，前有古人后有来者。

当我站在丝绸之路的古道、古城、遗址、驿站和烽燧之上的时候，那些被时间消解的残垣断壁，承载着历史的传奇。我揣度着张骞西出阳关、极目远眺的场景，臆想着玄奘法师学成归来踏入国门那一瞬间的感受。这条路上，熙熙攘攘地走过商旅、使臣、僧侣、学者、探险家、流浪汉及流放的死囚徒，曾经巨大的梦想和动力，深入骨髓的期翼和绝望，在这条路上或被激发或被消解。英雄豪杰，终抵不过时间的宿命，人已逝，而路还在。

而我在一次次出关入关的人流中，在等待

通关文牒的队列中，看到的五色人种，或许与玄奘出关时看到的情景一致。世上本没有路，走的人多了就成了路。

一切似乎是偶然中的偶然，遇见的人，经过的事，走过的路，正是每一次的偶然促成了历史中的必然。一个叫毕然的女子被偶然的好奇心驱动走上丝绸之路的行旅，最终完成了一部自己都意想不到的成果——《舞行丝路——从长安到地中海》。在行走的过程中，一个原本只喜欢宅在房间的女子，过滤了自身所有的浮华和焦虑。天涯作咫尺，从长安到地中海，一万五千公里的距离，尽在此作。

每次上路前，我必须要做长足的准备工作，在古籍、史料中寻到的线索，即成了探寻的目的地。为了出行的顺畅，要提前做大量的功课保障采访的顺利。在独自踏出国门的那一瞬间，在遥远的异国他乡，我悉知今天被炒作得炽热无比的丝绸之路依然将是另一种形式的凿空。每到一座城市，都能惊喜地看到 MADE IN CHINA，中国制造的商品在丝绸之路沿线的商场、超市、百姓家中，几乎随处可见。在丝绸之路上遇到的同胞，无论是商人还是学者，无

论是老板还是打工者，个个都有张骞的魄力和胆识、玄奘的执著和毅力，我钦佩他们背井离乡、坚韧奋斗的精神，是他们将中国的文化和商品再一次通过古老的丝绸之路展示给世界。

在路上，得到了众多朋友、一些萍水相逢的好心人的帮助，如果没有他们，我可能不会如此顺利地走到今天。他们给予了我最大限度的帮助，使得我在硝烟四起的风云丝路上平安出入。而有些人，一转身即成永恒，连一个谢谢都来不及表达，也许今生永不再见。我知道，这本书的背后涵盖了多少人对我的帮助和期望，在此用文字表示我最高的敬意！

感谢孔子学院的苏白院长、钟红萍女士，感谢杨彩萍会长和樊立玲女士等人的鼎力帮助；感谢青海人民出版社总编辑耿占坤和副总编辑戴发望的慧眼，在我旅行过程中一直给予的关注和好评，还有薛建华老师的妙手装帧，使得此书如此生动多姿；更要感谢给予我鼓励和帮助的中国作家协会副主席、著名作家何建明老师，鲁迅文学院副院长、著名作家邱华栋老师和著名作家于立极老师，他们对于我在写作中的引导，没齿难忘。

感谢我的虎儿，从 6 岁开始就陪着我一程又一程地寻访丝路。虎儿是我摄像、录音、拍照、翻译、提箱子的小助理和小保镖。如今，他的个头已经比我高了，我们还将计划每年去丝绸之路上寻宝。

偶然的，必然的，丝路行旅中且行且舞，如果有缘，期待我们在丝路相逢。

于重庆飞往乌鲁木齐的飞机上

2016.7.18